AF813607

Penjaga Tersembunyi

Dayat Suryana

Published by Dayat Suryana, 2025.

This is a work of fiction. Similarities to real people, places, or events are entirely coincidental.

PENJAGA TERSEMBUNYI

First edition. October 7, 2025.

Copyright © 2025 Dayat Suryana.

ISBN: 979-8232777081

Written by Dayat Suryana.

Also by Dayat Suryana

Adrian
Beyond the Shadow
Echoes of Tomorrow
Out of the Shadow's Reach
The Tapestry of Emotions
Beyond The Shadows: A Journey of Redemption
The Ripple Effect: Awakening
Echoes of the Shadow
Echoes of the Source
Beyond the Shadows: A Journey of Healing
Out of the Circle of Shadows
Breaking the Cycle: Escape from the Architects
Shadow Code
Shadows of the Past
Exit the Shadow Game
Beyond the Shadow: The Labyrinth's Echo
Echoes in the Code
Escaping the Circle of Shadows
The Shadow's Game

Kisah Teladan

Kisah Teladan Jilid 1

Kisah Teladan Jilid 2

Maya

Maya

Maya Series 2

Maya Series 3

Maya Series 4

Podcast Kreator Konten

Pengembangan Jangka Panjang

Mencapai Pertumbuhan Berkelanjutan

Mengoptimalkan Potensi Digital

Membangun Loyalitas Audiens

Membangun Jaringan Yang Kuat

Meningkatkan Kualitas Dan Keterlibatan

Meningkatkan Kualitas Dan Jangkauan Konten Kreator

Membangun Dan Mengembangkan Konten Digital

Meningkatkan Pengaruh Dan Kesuksesan Konten Digital

Pengelolaan Yang Efektif Untuk Kreator Konten

Standalone

Arka

Jejak Langkah Kolaborasi
Nexus: Shattered Realities
Nexus: Echoes of the Machine
The Quiet After the Storm
Power of Tomorrow
The Dawn of the Forgotten Era
The Trials of Solara
The Last Haven
The Wise King's Wall
The Forgotten Road
Menggapai Surga
Mount of Waste
Mengubah Sampah Menjadi Penghasilan
14 February
The Journey of Redemption: From Despair to Hope
The Heart's Faith
The Silence of the Net
Golden Mountain
Keindahan Akhlak dalam Kehidupan Seorang Pemuda
90% Success
Algoritma: Seni Menguasai Konten
Penjaga Tersembunyi

Bab 1: Panggilan di Tengah Malam

Suara dering telepon itu membelah kesunyian malam yang pekat di rumah sederhana Ustadz Hadi Arga. Jam di dinding menunjukkan pukul dua pagi, waktu yang biasanya membuat kebanyakan orang terlelap, namun bagi Hadi, ini adalah saat-saat di mana dia sering merenung dan berdoa dalam keheningan. Dengan sedikit mengerutkan kening, dia menggapai gagang telepon dan mengangkatnya.

"Assalamu'alaikum," suara berat di ujung telepon terdengar penuh kegelisahan. "Pak Hadi, tolonglah, kami butuh bantuanmu."

Hadi menelan ludah. Suara itu milik seseorang yang sangat tidak asing, seorang ajudan dari keluarga Senayan, sebuah keluarga terpandang di kota kecil St. Marcellus. Keluarga itu bukan sekadar terpandang, tetapi juga berpengaruh besar, dengan Senator Senayan sebagai kepala keluarga yang dikenal keras dan skeptis terhadap hal-hal ghaib.

"Wa'alaikum salam. Ada apa, Pak Rafi? Ini sudah sangat malam," jawab Hadi dengan suara tenang namun penuh perhatian.

"Ini tentang Mira, putri Pak Senator. Dia... dia berubah, Pak Hadi. Kami sudah coba segala cara, tapi dia semakin parah. Kami butuh uluran tanganmu," suara itu bergetar, hampir seperti menahan tangis.

Hadi menarik nafas dalam-dalam. Sejak kecil, ia memang jarang membicarakan ilmu dan imannya kepada banyak orang. Ia hanyalah seorang ustadz sederhana di pesantren kecil, yang lebih suka mengabdi tanpa pamer. Namun saat itu, ia tahu ini bukan panggilan biasa. Ada sesuatu yang sangat serius.

"Baik, saya akan datang segera," ucap Hadi tegas.

Malam itu, Hadi mengenakan jubah sederhana dan sarung yang biasa dipakai untuk mengaji dan mengajar. Ia membawa tas kecil berisi Al-Qur'an, kitab-kitab doa, dan alat-alat kecil untuk ruqyah, pengobatan spiritual dalam Islam untuk melawan gangguan jin dan sihir. Di bawah cahaya bulan yang samar, ia melangkah keluar dari rumahnya, meninggalkan ketenangan yang selama ini ia nikmati.

Di jalan, pikiran Hadi melayang ke berbagai kemungkinan. Jin kerasukan? Syetan yang mengganggu? Atau mungkin masalah psikologis yang biasa ditangani oleh dokter? Tapi suara di telepon tadi menyiratkan kepanikan yang tidak biasa.

Ketika sampai di rumah keluarga Senayan, suasana tegang sudah terasa di udara. Lampu-lampu di halaman dimatikan, hanya sedikit penerangan dari lampu taman yang berpendar redup. Hadi disambut oleh Pak Rafi yang terlihat lelah dan panik.

"Pak Hadi, terima kasih sudah datang," kata Pak Rafi terbata.

Hadi mengangguk, mencoba menenangkan diri dan orang-orang yang ada. Ia tahu, yang paling penting adalah ketenangan dalam menghadapi masalah sebesar ini.

Di dalam rumah, suara gaduh terdengar dari kamar Mira. Tangisan, teriakan, suara aneh seperti dengkuran yang kasar. Hadi berjalan pelan ke arah kamar itu, merasakan hawa dingin yang tidak biasa di seluruh tubuhnya. Ia tahu, ini bukan sekadar masalah biasa.

Ketika pintu dibuka, pemandangan yang menyambutnya membuat jantungnya berdegup kencang. Mira, gadis remaja yang biasanya lembut dan manis, kini duduk di atas ranjang dengan tatapan kosong dan tubuh yang bergetar hebat. Suaranya berubah-ubah, dari lirih hingga terdengar seperti suara lain yang tidak manusiawi.

"Ya Allah, lindungilah hamba-Mu ini," Hadi berbisik dalam hati. Ia mengambil Al-Qur'an dari tasnya, membuka halaman tertentu dan mulai membaca ayat-ayat suci dengan suara tenang namun penuh khusyu'.

Semakin lama, suara Mira makin berubah, dan ia mulai berteriak dalam bahasa yang tidak ia mengerti. Orang-orang yang hadir, termasuk keluarga dan beberapa pembantu, berlari menjauh ketakutan.

Hadi berdiri teguh, memegang Al-Qur'an dan terus membaca ayat-ayat ruqyah. Ia menyadari ada kekuatan besar yang menguasai Mira, lebih dari sekadar gangguan biasa. Ia harus mempersiapkan diri untuk pertarungan rohani yang berat.

Setelah beberapa jam, Mira tampak sedikit tenang, tapi Hadi tahu ini baru awal dari ujian yang panjang. Ia duduk sejenak, menenangkan diri dan berdoa, memohon kekuatan dan petunjuk dari Allah.

"Ini bukan hanya tentang Mira," pikirnya. "Ini juga tentang bagaimana aku akan menjaga imanku, di saat kegelapan menyerang dari segala sisi."

Malam itu, di tengah rumah yang sunyi, Ustadz Hadi mulai merasakan panggilan takdir yang jauh lebih besar daripada yang pernah ia bayangkan. Ia bersiap untuk melawan kegelapan dengan cahaya iman, dengan keyakinan bahwa di balik gelap, selalu ada cahaya yang menunggu untuk menang.

Bab 2: Mira yang Berubah

Suasana pagi di rumah Senator Senayan terasa berbeda. Udara yang biasanya penuh tawa dan percakapan hangat kini dipenuhi keheningan cemas. Lampu-lampu kristal yang biasanya berkilauan memantulkan cahaya pagi, tampak suram, seakan turut merasakan beban berat yang menimpa keluarga besar itu.

Di ruang tamu, Senator Senayan duduk dengan wajah tegang, matanya tertuju ke pintu kamar Mira yang tertutup rapat. Ia tidak bisa menyembunyikan kekhawatirannya, meskipun sebagai seorang pria berpengaruh, selama ini ia terbiasa menyembunyikan emosi dan berpikir rasional.

Di luar, beberapa anggota keluarga dan pelayan berbisik-bisik, penuh kekhawatiran. Mereka semua menunggu kabar dari Ustadz Hadi yang semalam datang membantu. Meski mereka menghormati imam muda itu, tak sedikit yang meragukan apakah seorang ustadz sederhana mampu mengatasi masalah sebesar ini.

Sementara itu, di dalam kamar Mira, suasana jauh lebih mencekam. Gadis itu terbaring di atas ranjang besar, tubuhnya lemah dan berkeringat dingin. Matanya kosong, namun sesekali menampakkan kilatan amarah yang mengerikan. Bibirnya bergerak-gerak mengucapkan kata-kata yang tak dimengerti, kadang diselingi tawa getir dan teriakan yang membekukan darah.

Ustadz Hadi duduk di samping ranjang Mira, membaca ayat-ayat Al-Qur'an dengan suara lirih. Tangannya menempel lembut di kepala Mira, mengusapnya perlahan. Ada rasa sayang yang mendalam dalam tatapannya, sekaligus keteguhan iman yang tak tergoyahkan.

"Ya Allah, Engkau Maha Kuasa atas segala sesuatu," gumam Hadi dalam hati. "Bantulah aku menyelamatkan hamba-Mu ini."

Tiba-tiba, Mira membuka matanya lebar-lebar, menatap Hadi dengan tatapan yang penuh kebencian dan kekuatan yang tidak manusiawi.

"Siapa kau? Apa urusanmu dengan aku?" suara itu pecah, berubah menjadi suara yang kasar dan menggema, seolah datang dari sosok lain.

Hadi menatapnya dengan sabar, tanpa rasa takut. "Aku hanyalah hamba Allah yang datang untuk menolongmu, Mira. Engkau tidak sendiri."

Namun, Mira, atau entitas yang menguasainya, tertawa sinis. "Hamba Allah? Aku lebih tua dan kuat dari segala yang kau kenal. Aku akan menguasai tubuh ini sampai kiamat tiba."

Hadi menghela napas dan kembali membaca ayat suci, suaranya semakin mantap. Ia tahu ini bukan pertarungan biasa. Jin yang menguasai Mira bukan sembarang makhluk, tapi makhluk yang sangat licik dan berbahaya.

Sementara itu, di ruang tamu, Senator Senayan berjalan mondar-mandir, hatinya berperang antara rasa skeptis dan ketakutan. Ia sangat menginginkan Mira sembuh, namun otaknya sulit menerima kenyataan bahwa anaknya mungkin kerasukan makhluk halus.

Pak Rafi mendekati senator dengan hati-hati, "Pak Senator, Ustadz Hadi sedang berusaha sebaik mungkin. Kami harus percaya pada beliau."

Senator mengangguk perlahan, tapi hatinya masih gelisah. Ia memutuskan untuk menemui seorang psikiater bernama Dr. Adrian Widjaja, seorang ahli yang selama ini dipercaya untuk menangani masalah kesehatan mental keluarga mereka. Namun, Senator juga sadar bahwa masalah Mira tampaknya jauh melampaui ranah medis.

Di sebuah klinik mewah tak jauh dari rumah Senayan, Dr. Adrian sedang bersiap menerima pasien baru. Ia seorang pria muda yang berpenampilan rapi, dengan kacamata dan sikap profesional. Ia dikenal sebagai dokter yang skeptis terhadap hal-hal gaib dan lebih mengandalkan ilmu pengetahuan.

Saat menerima telepon dari Senator Senayan, Dr. Adrian hanya menganggguk dan berkata, "Saya akan datang besok pagi."

Keesokan harinya, Dr. Adrian tiba di rumah Senayan dengan penuh keyakinan. Ia yakin Mira hanyalah korban stres berat atau gangguan psikologis lainnya. Namun saat bertemu dengan Mira, ia merasakan aura aneh yang sulit dijelaskan.

Dalam pertemuan singkat itu, Mira berubah-ubah dalam beberapa menit. Ia kadang tampak seperti gadis normal, tapi tiba-tiba berubah menjadi sosok lain yang menakutkan. Dr. Adrian mencatat perilaku ini sebagai kemungkinan gangguan dissociative identity disorder, namun hatinya mulai merasa ada sesuatu yang lebih dari itu.

Kembali di kamar Mira, Ustadz Hadi terus membaca doa dan ayat-ayat ruqyah.

Waktu seolah berjalan lambat. Hadi merasakan tubuhnya lelah, namun imannya semakin menguat. Ia tahu bahwa kunci keberhasilan bukan hanya pada ilmu, tapi pada ketulusan dan kekuatan hati.

"Tuhan, aku pasrah kepada-Mu," bisik Hadi. "Berikanlah aku kekuatan untuk melawan kegelapan ini."

Mira kembali berteriak dengan suara serak, "Aku akan menghisap imanmu! Aku akan membuatmu jatuh seperti semua yang lain!"

Hadi menatap tajam, "Dengan nama Allah, aku berlindung dari godaanmu."

Mendengar itu, Mira memekik keras, tubuhnya menggeliat hebat. Namun, perlahan, cahaya lembut mulai menyelimuti ruangan. Suara ayat suci mengisi udara, seperti benteng tak terlihat yang melindungi Hadi dan Mira dari kegelapan.

Di luar kamar, Siti Clara, ustadzah yang menjadi teman dan pendamping Hadi, menunggu dengan doa. Ia merasa bahwa perjuangan ini akan panjang dan penuh liku.

"Pak Hadi," Clara berkata pelan saat diberi kesempatan masuk, "Kita harus kuat. Ini ujian iman kita semua."

Hadi menganggguk, "Aku tahu. Tapi aku percaya, dengan Allah, kita bisa melewati ini."

Seiring berjalannya waktu, kondisi Mira tidak menunjukkan perubahan drastis, tapi ada momen-momen dimana tatapan kosongnya digantikan oleh kilatan kesadaran singkat. Ini memberikan secercah harapan bagi semua yang hadir.

Hadi tahu, pertarungan sesungguhnya belum dimulai. Jin Azazel yang menguasai Mira masih menyimpan kekuatan besar, dan ia harus bersiap menghadapi ujian yang jauh lebih berat, ujian iman, emosi, dan keteguhan hati.

Dalam hatinya, Hadi berdoa, "Ya Allah, jangan biarkan aku goyah. Jadikan aku cahaya di kegelapan ini, untuk menyelamatkan Mira, dan semua yang Kau cintai."

Matahari mulai meninggi, namun dalam kamar itu, pertarungan antara cahaya dan kegelapan terus berlangsung. Ustadz Hadi duduk tegak, dengan Al-Qur'an di tangan dan iman yang tak tergoyahkan, siap menghadapi apa pun yang akan datang.

Bab 3: Doa dan Kekhawatiran

Dini hari di rumah Senayan terasa begitu sunyi, hanya terdengar sesekali detak jam dinding dan suara nafas berat dari kamar Mira. Di luar, angin malam berhembus pelan, menggerakkan dedaunan dan menciptakan bayangan-bayangan yang menari-nari di dinding.

Ustadz Hadi duduk termenung di pojok ruangan, tubuhnya lelah namun jiwanya belum menemukan kedamaian. Ia memegang Al-Qur'an yang terbuka di pangkuannya, tetapi matanya menatap kosong ke halaman rumah yang gelap.

"Ini bukan hanya soal Mira," gumamnya lirih. "Ini tentang iman, tentang keyakinan yang selama ini aku jaga."

Setelah kejadian malam kemarin, keadaan Mira masih belum banyak berubah. Jin yang menguasainya terus berontak, menyerang dengan berbagai cara yang membuat hati Hadi tersayat. Namun bukan hanya Mira yang diuji. Hadi sendiri mulai merasakan godaan dan tekanan yang luar biasa dari kegelapan.

Sejak kecil, Hadi telah dilatih oleh ayahnya, seorang ulama terpandang, untuk selalu menjaga hati dan iman dalam menghadapi godaan. Tapi ujian kali ini berbeda. Jin Azazel bukan hanya menyerang tubuh Mira, tapi juga berusaha menjatuhkan semangat dan keteguhan hati Hadi dengan bisikan-bisikan penuh tipu daya.

Di dalam kamar kecil yang menjadi tempatnya beristirahat, Hadi merasakan ada bisikan halus yang masuk ke pikirannya. "Kau lemah, Hadi. Kau hanya manusia biasa. Kenapa kau harus repot-repot melawan sesuatu yang jauh lebih kuat darimu?"

Hadi menggigit bibir bawah, berusaha menepis suara itu. Ia tahu itu bukan dari dalam dirinya, tapi dari jin yang ingin mematahkan semangatnya. Ia meraih tas kecilnya dan membuka kitab doa, mulai membaca zikir dengan suara pelan tapi mantap.

"Laa ilaaha illallah, Muhammadur Rasulullah..."

Namun godaan itu tidak berhenti. Dalam diam, Hadi mulai merasakan keraguan dan kecemasan merayap ke hatinya. Ia teringat kembali masa lalunya, masa-masa ketika ia merasa dirinya kurang sempurna sebagai seorang ustadz muda. Ada rasa takut bahwa ia tidak cukup kuat untuk menghadapi ujian sebesar ini.

Di sisi lain rumah, Senator Senayan duduk bersama istrinya, Ibu Ningsih, yang juga mulai merasa putus asa. "Apa benar anak kita kerasukan jin?" tanya Ningsih dengan suara bergetar. "Aku masih sulit percaya, tapi lihatlah apa yang terjadi padanya."

Senator menarik napas panjang. "Aku juga tak tahu. Tapi kalau memang begitu, kita harus percaya pada apa yang dikatakan Ustadz Hadi. Aku tidak mau kehilangan Mira."

Di ruangan lain, Dr. Adrian sedang menulis laporan medis. Ia tetap skeptis, menulis diagnosis gangguan mental dan depresi berat. Tapi dalam hatinya, ia mulai merasakan ada sesuatu yang tidak bisa ia jelaskan dengan ilmu kedokteran.

Kembali ke kamar Mira, Ustadz Hadi bersiap melakukan ruqyah malam kedua. Ia tahu malam-malam berikutnya akan semakin sulit. Ia menyiapkan alat-alat ruqyah, air zamzam, dan membacakan ayat-ayat suci dengan lebih khusyuk.

"Tuhan, jangan biarkan aku gagal," bisik Hadi. "Berikan aku kekuatan, ya Allah."

Mira berontak lebih keras malam itu, suaranya berubah-ubah antara tangisan dan teriakan mengerikan. Ia mengguling-guling di tempat tidur, membuat para keluarga dan pembantu ketakutan.

Hadi tetap tenang, membaca ayat suci dan memegang tangan Mira dengan lembut. "Kau bukan pemilik tubuh ini, aku peringatkan kau, jin jahat," katanya pelan namun penuh keberanian.

Dalam pertarungan rohani yang semakin intens, Hadi merasakan tubuhnya gemetar, lelah, tapi ia menolak menyerah. Ia mengingat pesan ayahnya dulu, bahwa iman adalah cahaya yang tak boleh padam, bahkan di saat tergelap.

Di luar kamar, Siti Clara mempersiapkan segelas air zamzam dan minyak wangi untuk membantu proses ruqyah. Ia berdoa dengan sungguh-sungguh, mengirim energi positif untuk memperkuat Hadi.

"Tuhan, bantu kami menghadapi kegelapan ini," doa Clara dalam hati.

Namun ujian terbesar datang dari dalam diri Hadi sendiri. Suara-suara jahat terus menggoda, mencoba menanamkan rasa putus asa dan kebencian.

"Kau akan kalah. Kuatkan hatimu? Itu hanya ilusi. Tidak ada yang peduli padamu," bisik suara gelap itu.

Hadi menutup mata, berusaha menenangkan diri. Ia teringat pada Al-Qur'an yang selama ini menjadi pegangan hidupnya. Dengan suara terbata-bata, ia melafalkan surat Al-Fatihah, surat yang pertama dan penuh makna.

Saat itu, tiba-tiba ada getaran aneh di udara, dan suara Mira berubah menjadi suara yang jauh lebih menyeramkan. "Aku akan menghancurkanmu, Hadi. Aku akan membuatmu menyesal."

Namun, ada sesuatu yang berbeda di dalam diri Hadi malam itu. Meski takut dan lelah, hatinya mulai terasa hangat, seperti ada cahaya yang muncul dari dalam.

"Tuhan... aku pasrah dan berserah hanya pada-Mu," ucap Hadi lirih.

Ketegangan dan pergulatan batin Ustadz Hadi terus berlanjut, menjadi inti dari perjuangan yang harus ia menangkan. Ia sadar bahwa tidak hanya tubuh Mira yang harus diselamatkan, tapi juga jiwanya sendiri dari kehancuran.

Di tengah ujian yang begitu berat, satu hal yang membuat Hadi kuat adalah keyakinan bahwa di balik setiap kegelapan, pasti ada cahaya. Dan cahaya itu harus ia jaga, dengan segala kekuatan iman yang ia miliki.

Bab 4: Bayangan Gelap dan Harapan Baru

Di ruang tamu besar rumah keluarga Senayan, suasana pagi itu penuh dengan kecemasan. Senator Senayan duduk termenung, wajahnya menampakkan kerut-kerut kelelahan yang belum pernah tampak sebelumnya. Di sampingnya, Ibu Ningsih tampak cemas sambil terus melirik ke arah pintu kamar Mira.

"Pak Senator, aku sudah hubungi beberapa ustadz dan ahli ruqyah lain," ujar Pak Rafi dengan suara penuh harap, "Tapi mereka semua bilang kasus ini terlalu berat. Mereka tidak berani menangani langsung."

Senator menggeleng pelan. "Aku hanya ingin Mira sembuh. Tidak peduli seberapa berat, aku ingin dia kembali seperti dulu."

Suara-suara itu seolah mengisi ruang hampa di antara mereka, menggambarkan ketidakberdayaan yang begitu nyata. Namun, di balik rasa putus asa itu, ada secercah harapan kecil yang terus menyala: kehadiran Ustadz Hadi, seorang pemuda sederhana yang memiliki iman besar.

Di kamar Mira, Ustadz Hadi tengah bersiap memulai ritual ruqyah yang lebih intensif. Ia merapikan sajadah kecil, menyiapkan air zamzam, dan meletakkan Al-Qur'an di atas meja kecil di dekat ranjang.

Siti Clara datang membawa sebuah tas kecil berisi minyak wangi, kain putih, dan alat-alat kecil lainnya yang biasa dipakai untuk ruqyah.

"Kita harus bersiap, Pak Hadi. Ini akan menjadi malam yang panjang," kata Clara dengan suara lembut namun tegas.

Hadi mengangguk. "Aku sudah siap. Ini bukan hanya tentang Mira. Ini tentang iman kita semua."

Saat malam tiba, suasana menjadi lebih tegang. Kamar Mira yang sempit berubah menjadi medan pertarungan antara cahaya dan gelap. Hadi mulai membaca ayat-ayat Al-Qur'an dengan suara tegas, sementara Clara berdoa di sudut ruangan.

Tiba-tiba, Mira berteriak dengan suara yang berubah-ubah, kadang seperti suara seorang gadis polos, kadang seperti suara makhluk mengerikan yang tak berwujud.

"Pergilah! Aku tidak takut pada kalian!" teriak Mira dengan suara serak.

Hadi tetap tenang. "Dengan nama Allah, aku memerintahkanmu keluar dari tubuh ini!"

Tiba-tiba, bayangan gelap muncul di sudut ruangan, bergerak dengan cepat seperti kabut yang berputar-putar. Suara tawa mengejek terdengar, menggema di seluruh kamar.

"Ah, Ustadz kecil, kau pikir kau bisa mengalahkanku?" suara itu penuh sindiran.

Hadi menundukkan kepala, membaca doa dengan lebih cepat dan penuh keyakinan. Ia merasakan hawa dingin menusuk kulit, tapi hatinya tetap kuat.

Clara yang melihat situasi semakin genting, mendekat membantu membaca ayat suci. Bersama, mereka membentuk benteng spiritual yang semakin kuat.

Pertarungan itu berlangsung berjam-jam, dengan gelombang energi rohani yang membuat ruangan terasa bergetar. Hadi merasakan tubuhnya lelah, namun ia tahu ia tidak boleh menyerah.

Di luar kamar, Senator Senayan dan keluarga lain berdiri menunggu dengan napas tertahan. Mereka tahu bahwa inilah ujian terbesar mereka.

Di tengah perjuangan itu, tiba-tiba muncul seorang pria tua dengan jubah putih dan sorban rapi. Ia berjalan masuk ke rumah tanpa diundang, namun aura keilmuan dan ketenangannya membuat semua orang menghormatinya.

"Assalamu'alaikum," ucap pria itu dengan suara lembut tapi tegas.

Senator segera menghampiri, "Anda siapa, Pak? Kami sedang mengalami masalah besar dengan Mira."

Pria tua itu tersenyum, "Nama saya Ustadz Yusuf. Saya mendengar tentang keadaan Mira. Saya datang untuk membantu."

Hadi merasa lega sekaligus terkejut. Ia tidak menyangka ada ulama lain yang datang membantu di saat kritis seperti ini.

Ustadz Yusuf mengambil posisi di samping Hadi dan Clara. Bersama, mereka membaca ayat-ayat suci dengan penuh semangat dan khidmat. Energi rohani mereka bergabung, membentuk perisai kuat yang menekan kekuatan gelap.

Pertarungan spiritual semakin intens. Jin Azazel berusaha mengeluarkan segala kekuatan dan tipu dayanya, menguji keteguhan iman ketiga ustadz.

Namun, cahaya dari doa dan ayat suci semakin menerangi kamar Mira. Perlahan, gadis itu mulai tenang. Matanya yang kosong kini memancarkan kilatan harapan.

Saat pagi menyingsing, ruangan menjadi hening. Mira tertidur lelap, tubuhnya terlihat damai untuk pertama kalinya sejak kerasukan.

Senator dan keluarga menghela napas lega, penuh rasa syukur.

Hadi duduk lelah tapi bahagia. Ia tahu perjuangan masih panjang, tapi malam itu adalah kemenangan pertama atas kegelapan.

Ustadz Yusuf menepuk bahu Hadi. "Imanmu kuat, Nak. Jangan pernah ragu pada kekuatan doa dan keteguhan hati."

Hadi tersenyum, "Terima kasih, Pak Yusuf. Aku belajar banyak hari ini."

Bab 5: Gelombang Ujian dan Kekokohan Iman

Matahari pagi menyinari ruang tamu rumah keluarga Senayan dengan lembut, tetapi ketenangan pagi itu belum mampu mengusir gelombang kekhawatiran yang masih menggelayuti hati setiap orang. Suasana hangat dan riang yang biasa mewarnai rumah mewah itu lenyap digantikan oleh kegelisahan yang membekas dalam-dalam.

Senator Senayan duduk di kursi rotan, memandang kosong ke halaman yang penuh bunga-bunga indah. Namun keindahan itu tak mampu menghiburnya. Setiap langkah yang diambil keluarga kecil ini kini terasa bagai berjalan di atas bara api, penuh ketidakpastian dan kecemasan yang menggerogoti.

Di kamar Mira, gadis itu masih terbaring lemah setelah malam panjang yang penuh pertarungan rohani. Meski ada perubahan, ketenangan yang mulai muncul belum sepenuhnya memadamkan bayangan gelap yang tersisa dalam jiwanya. Ustadz Hadi duduk di sisi ranjang, memegang tangan Mira dengan penuh kelembutan, matanya penuh harap dan doa.

"Hari ini aku akan terus berjuang," bisik Hadi pada dirinya sendiri. "Kau harus kuat, Mira. Kita akan melewati ini bersama."

Namun, ujian belum berhenti. Setelah malam yang melelahkan, datang gelombang masalah baru yang lebih rumit dan menguras emosi.

Di luar rumah, berita tentang kondisi Mira mulai tersebar. Media-media mulai mendekat dengan rasa ingin tahu yang tinggi, mencampurkan fakta dan spekulasi yang kadang tidak benar.

Keluarga Senayan yang selama ini menjaga privasi dengan ketat kini menghadapi tekanan publik yang makin berat.

"Pak Senator, apakah benar anak Anda kerasukan?" tanya seorang wartawan saat Senator keluar dari rumah menuju mobilnya.

Senator menatap wartawan dengan tegas, "Ini masalah keluarga yang kami hadapi dengan serius. Saya mohon pengertian dan hormati privasi kami."

Namun, gelombang opini publik sulit dikendalikan. Media sosial penuh dengan komentar-komentar miring, mulai dari yang skeptis sampai yang menyalahkan keluarga Senayan atas keadaan Mira.

Di tengah kegelisahan itu, Hadi merasakan beban yang makin berat. Ia harus menjaga Mira, menghadapi keluarga yang mulai goyah, dan menghadapi tekanan dari lingkungan yang penuh keraguan.

Di masjid kecil tempat Hadi biasa mengajar, beberapa jamaah mulai membicarakan keadaan Mira dengan nada miring. Ada yang mempertanyakan apakah Hadi benar-benar mampu mengatasi masalah sebesar ini.

Salah satu jamaah, Pak Anwar, berkata pada temannya, "Kalau aku jadi Hadi, mungkin aku sudah menyerah. Ini bukan perkara mudah."

Namun ada juga yang memberi dukungan, seperti Ustadz Farid yang selalu menguatkan Hadi, "Kita harus percaya pada kekuatan doa dan keimanan Ustadz Hadi. Allah tidak akan membebani hamba-Nya melebihi kemampuannya."

Konflik batin Hadi kian mendalam. Pada malam hari, ketika hanya tinggal ia dan Mira, Hadi berdoa dengan khusyuk, memohon kekuatan dari Allah SWT. Namun suara-suara negatif dari dunia luar tetap menggema di pikirannya.

"Apa aku cukup kuat? Apa aku bisa menyelamatkan Mira?"

Namun di saat yang sama, sebuah suara lembut dalam hatinya menguatkan, "Jangan takut. Allah selalu bersama orang yang beriman."

Sementara itu, dalam keluarga Senayan, ketegangan mulai muncul di antara anggota keluarga. Ibu Ningsih yang selama ini menjadi sosok penyokong mulai menunjukkan tanda-tanda kelelahan dan kesedihan yang mendalam.

"Pak Senator, aku merasa kita perlu mencari bantuan dari luar," kata Ningsih dengan suara pelan namun tegas. "Aku takut kalau kita terus-terusan seperti ini, Mira dan kita semua akan hancur."

Senator menatap istrinya dengan penuh cinta, namun dalam hatinya juga ada kebingungan dan kesedihan. Ia merasa terombang-ambing antara logika dan kepercayaan.

Di tengah semua itu, muncul kabar dari seorang tokoh spiritual yang dikenal memiliki keahlian dalam menangani kasus kerasukan berat. Ustadz Yusuf, yang semalam datang membantu, menawarkan untuk membawa Hadi dan Mira ke sebuah pondok pesantren khusus yang letaknya jauh di pedalaman Jawa.

"Di sana," kata Ustadz Yusuf dengan suara penuh keyakinan, "Mira akan mendapatkan perawatan yang lebih intensif dan perlindungan dari berbagai gangguan." Hadi merasa ragu dan berat hati. Ia tidak ingin memisahkan diri dari keluarga dan Mira, namun ia sadar bahwa ini mungkin satu-satunya jalan untuk kesembuhan sejati.

Hari berikutnya, keluarga Senayan berkumpul. Keputusan penting harus diambil. Mereka semua tahu bahwa pilihan ini akan membawa perubahan besar dalam hidup mereka.

"Aku setuju," ujar Senator akhirnya, "Kalau memang itu jalan terbaik, kita harus berani mengambilnya."

Ningsih mengangguk, air mata berlinang di pipinya. "Untuk Mira, aku rela melakukan apa saja."

Dalam perjalanan menuju pondok pesantren itu, Hadi duduk termenung di dalam mobil bersama Mira yang kini tampak lebih tenang. Clara dan Ustadz Yusuf duduk di depan, berbicara tentang persiapan yang harus dilakukan.

Di tengah perjalanan yang panjang dan berliku, Hadi terus memanjatkan doa. Ia tahu bahwa ujian ini belum selesai, justru akan menjadi babak baru dalam perjuangannya.

Sesampainya di pondok pesantren, Hadi disambut oleh para ustadz dan santri yang ramah namun penuh ketegasan. Tempat itu memang berbeda dari lingkungan perkotaan yang sibuk dan penuh tekanan. Di sini, segala sesuatu berjalan dengan ritme yang lebih tenang dan penuh ketentraman.

Mira mulai mendapatkan perawatan khusus, dengan pengawasan ketat dan berbagai metode ruqyah serta terapi spiritual yang mendalam. Hadi pun mulai menjalani pelatihan intensif bersama para ustadz senior, memperdalam ilmu ruqyah dan memperkuat iman.

Di pondok itu, Hadi bertemu dengan beberapa tokoh penting lain yang akan menjadi bagian dari perjuangannya, seorang ustadz muda bernama Zain yang memiliki pengalaman luas dalam menghadapi kasus serupa, dan seorang santriwati bernama Aisyah yang menjadi teman dekat Mira.

Hari-hari berlalu dengan campuran harapan dan ketegangan. Mira perlahan mulai menunjukkan tanda-tanda pemulihan, meskipun perjalanan ini masih panjang dan penuh tantangan.

Hadi merasa bahwa perjuangan ini bukan hanya soal mengusir jin, tapi juga soal bagaimana menjaga kekokohan iman dalam menghadapi gelombang ujian yang terus datang.

Suatu malam, saat semua terlelap, Hadi duduk di serambi pondok, menatap langit penuh bintang. Ia merasakan kedamaian yang belum pernah ia rasakan sebelumnya, sekaligus kesadaran bahwa ujian sebenarnya masih menunggu.

"Ya Allah," bisik Hadi, "Berikan aku kekuatan, kesabaran, dan keteguhan hati untuk terus berjuang. Aku percaya, dengan-Mu aku bisa melewati semua ini."

Bab 6: Tirai Malam dan Bisikan Kegelapan

Malam itu, pondok pesantren kecil di pedalaman Jawa diselimuti kegelapan yang pekat, hanya diterangi oleh cahaya remang-remang dari lentera-lentera kecil yang berjajar di sepanjang koridor. Angin malam berhembus pelan, membawa suara-suara alami dari hutan di sekeliling, seolah membisikkan rahasia yang tak terlihat.

Ustadz Hadi duduk di serambi, menatap langit yang penuh bintang. Ia merasakan kesejukan yang berbeda dari biasanya, namun hatinya tetap gelisah. Bayangan gelap masa lalu dan ancaman yang masih mengintai terus mengusik ketenangan malamnya.

"Kenapa semua ini terjadi pada Mira? Kenapa aku harus diuji dengan beban sebesar ini?" gumamnya pelan, suara yang hanya didengar angin malam.

Namun, di balik kegelisahannya, ada sebuah tekad yang makin membara. Ia tahu bahwa jalan ini adalah bagian dari ujian iman yang harus ia jalani dengan penuh kesabaran dan keteguhan hati.

Di kamar Mira, gadis itu terbaring dengan mata terpejam. Setelah beberapa minggu di pondok pesantren, kondisinya mulai menunjukkan perubahan positif. Namun, masih ada momen-momen ketika bayangan gelap muncul dalam tatapannya, menandakan bahwa kegelapan itu belum sepenuhnya pergi.

Suara-suara bisikan halus terkadang terdengar di sekelilingnya, membuat Mira terjaga dan menggigil ketakutan.

Ustadz Zain, salah satu ustadz senior yang merawat Mira, mengawasi dengan penuh perhatian. "Kita harus terus memperkuat doa dan ruqyah. Kegelapan itu masih berusaha mengikatnya."

Malam itu, Hadi memutuskan untuk melakukan zikir dan doa bersama para santri. Mereka duduk melingkar di aula pesantren, suara lantunan ayat suci bergema mengisi ruangan, menciptakan suasana spiritual yang kuat.

Namun, di luar pesantren, di balik pepohonan, ada sosok bayangan yang mengintai. Suara bisikan penuh ancaman menyelinap di antara dedaunan, "Kau tidak akan menang, Hadi. Aku akan membuatmu jatuh."

Kembali ke dalam pondok, Hadi menyelesaikan zikirnya dengan doa yang penuh pengharapan. Ia tahu pertarungan ini tidak hanya fisik, tapi juga batin dan jiwa.

Namun, saat ia hendak beristirahat, suara bisikan halus mulai masuk ke pikirannya. "Lelah, Hadi? Mengapa kau terus memaksakan diri?"

Hadi mengerutkan kening, berusaha menepis suara itu. "Aku hanya lelah, tapi aku tidak akan menyerah."

Bisikan itu berubah menjadi suara seorang wanita lembut yang mencoba menggoda dan merayu, "Bukankah lebih mudah menyerah? Aku tahu caranya agar kau tidak merasa sakit lagi."

Hadi menutup mata, menguatkan diri dengan membaca doa-doa perlindungan dari Al-Qur'an. Ia merasakan tubuhnya gemetar, tapi hatinya semakin teguh.

Di keheningan malam, Hadi duduk merenung. Ia sadar bahwa ini adalah ujian terbesar dalam hidupnya, bukan hanya menyelamatkan Mira, tapi juga mempertahankan iman dan jiwanya sendiri dari kegelapan yang berusaha menjerat.

Dalam perjuangan ini, Hadi belajar bahwa kekuatan sejati bukan hanya berasal dari ilmu dan doa, tapi juga dari keyakinan dan keteguhan hati yang tak tergoyahkan.

Suatu pagi, ketika mentari mulai menyinari lembah hijau di sekitar pondok, Hadi menerima tamu yang tak terduga: seorang wanita paruh baya dengan tatapan bijaksana, mengenakan jilbab sederhana namun anggun. Namanya adalah Ibu Fatimah, seorang ahli tasawuf yang dikenal di daerah itu.

"Izinkan saya membantu," kata Ibu Fatimah dengan suara lembut namun tegas.

Hadi dan Ustadz Yusuf menyambut kedatangan Ibu Fatimah dengan penuh rasa hormat. Mereka tahu bahwa bantuan dari sosok seperti Ibu Fatimah akan membawa perubahan besar dalam perjuangan mereka.

Hari-hari berikutnya di pondok pesantren berubah menjadi lebih intens dan penuh harapan. Bersama Ibu Fatimah, mereka mempelajari metode-metode tasawuf yang dalam, untuk memperkuat jiwa dan menangkal bisikan-bisikan kegelapan.

Mira, yang semula lemah dan takut, mulai menunjukkan tanda-tanda kebangkitan spiritual. Senyumnya yang tulus kembali, meski terkadang masih ada bayangan kesedihan yang tersisa.

Namun, kegelapan tidak tinggal diam. Suatu malam, saat semua terlelap, Hadi merasakan getaran aneh di udara. Suara tawa sinis bergema di seluruh pesantren, membuat bulu kuduknya berdiri.

Jin Azazel, musuh utama yang menguasai Mira, muncul dalam wujud kabut hitam yang berputar-putar, menantang Hadi dengan suara yang penuh kebencian.

"Kau pikir kau sudah menang? Aku akan terus kembali, dan kau tidak akan pernah bisa menyelamatkan gadis itu," ancam jin itu.

Hadi berdiri tegak, menatap dengan mata penuh keberanian. "Dengan nama Allah, aku mengusirmu. Pergilah dari tubuh dan jiwa Mira!"

Pertarungan rohani yang dahsyat pun terjadi. Cahaya doa dan ayat suci melawan gelapnya bisikan dan tipu daya jin yang licik. Suara gemuruh doa memenuhi udara malam, menciptakan suasana magis yang membuat para santri terjaga.

Pertarungan itu berlangsung lama, melelahkan, namun Hadi tidak goyah. Dengan dukungan doa dari para ustadz, santri, dan Ibu Fatimah, cahaya iman mereka menjadi perisai yang kuat.

Ketika fajar mulai menyingsing, jin itu menghilang dengan suara erangan yang penuh kemarahan dan kekalahan.

Setelah pertarungan itu, Hadi duduk di serambi, menatap langit yang mulai cerah. Ia merasa ada kedamaian yang lebih dalam dan keyakinan yang makin kuat.

Perjalanan ini memang berat, namun cahaya iman adalah pelita yang takkan pernah padam.

Bab 7: Ujian Terberat dan Cahaya yang Tak Padam

Udara dingin menyelimuti pondok pesantren di malam itu. Hadi duduk di sudut ruangan kecil, ditemani secangkir teh hangat dan Al-Qur'an yang terbuka di hadapannya. Suasana sunyi yang biasanya menenangkan malam itu berubah menjadi berat, penuh ketegangan yang tak terlihat namun sangat terasa.

Mira, yang kini sudah mulai bangkit dari bayang-bayang kegelapan, terbaring di kamar sebelah, tertidur dengan wajah damai. Namun, Hadi tahu bahwa kedamaian itu masih rapuh. Setiap detik, ancaman masih mengintai, menunggu saat yang tepat untuk menyerang kembali.

Hari itu, Hadi menerima pesan dari Ustadz Yusuf yang tengah berada di kota untuk urusan penting. Pesan itu berisi kabar tentang peningkatan aktivitas jin-jin pengganggu di sekitar wilayah itu, termasuk kasus-kasus kerasukan yang makin kompleks.

Hadi menghela napas panjang. Tugasnya tidak hanya menyembuhkan Mira, tapi juga membantu orang-orang yang membutuhkan di luar sana. Beban yang berat terasa semakin menekan, namun ia tahu ini adalah jalan yang harus ditempuh.

Di pondok, suasana mulai berubah ketika Ustadz Zain mengumumkan adanya sebuah ujian spiritual yang akan dihadapi oleh semua yang terlibat dalam proses penyembuhan Mira.

"Kita harus siap menghadapi ujian ini," kata Ustadz Zain dengan serius. "Kegelapan akan berusaha menguji iman dan keteguhan kita semua. Tapi ingat, Allah bersama orang-orang yang sabar."

Hadi merasa gelombang kecemasan datang kembali, namun ia juga merasa semangat yang membara untuk menghadapi ujian itu.

Ia tahu, ini adalah kesempatan untuk membuktikan bahwa cahaya iman bisa mengalahkan kegelapan yang paling pekat sekalipun.

Malam itu, ketika semua orang sudah tidur, Hadi kembali ke kamar Mira. Ia duduk di samping ranjang, menggenggam tangan gadis itu dengan lembut.

"Mira, aku tahu ini berat, tapi kau tidak sendirian. Aku di sini untukmu," ucapnya penuh kasih sayang.

Tiba-tiba, mata Mira terbuka, menatap Hadi dengan tatapan yang dalam dan penuh makna.

"Terima kasih, Pak Hadi. Aku merasa lebih kuat sekarang," bisiknya.

Namun, kekuatan kegelapan belum menyerah. Di sudut kamar, bayangan hitam perlahan muncul, mengawasi dengan penuh dendam. Jin Azazel masih berusaha mencari celah untuk menyerang kembali.

Hadi menyadari kehadiran itu, dan dengan cepat mulai membaca doa-doa perlindungan. Cahaya dari ayat suci mulai menyebar, mengusir bayangan gelap yang mencoba menembus ruang itu.

Pertarungan rohani itu terasa semakin intens, mengguncang seluruh jiwa dan raga mereka yang terlibat.

Di luar pondok, Senator Senayan dan keluarga lain menunggu kabar dari Hadi dengan cemas. Mereka merasakan betapa beratnya perjuangan ini, namun tetap berharap dan berdoa.

Senator menatap langit malam, berharap ada tanda dari Tuhan bahwa keluarganya akan segera pulih.

Hari-hari berikutnya dipenuhi dengan perjuangan tanpa henti. Hadi dan tim terus melakukan ruqyah, zikir, dan doa, memperkuat diri dan Mira secara spiritual.

Meski sering mengalami kelelahan dan kesulitan, semangat mereka tidak pernah padam. Mereka belajar bahwa kemenangan atas kegelapan adalah hasil dari kesabaran, keteguhan, dan keimanan yang kokoh.

Suatu malam, ketika semua sudah hampir putus asa, terjadi sebuah keajaiban kecil. Mira tersenyum tulus untuk pertama kalinya dalam waktu yang lama.

"Pak Hadi, aku merasa seperti ada cahaya di dalam diriku yang tak pernah ada sebelumnya," katanya lembut.

Hadi merasa haru dan bersyukur. "Itu karena imanmu yang kuat, Mira. Jangan pernah lupakan itu."

Bab 8: Cahaya dalam Kegelapan

Langit malam menggantung sunyi di atas pondok pesantren, seolah menyimpan jutaan rahasia yang tak terucapkan. Suasana tenang namun sarat dengan ketegangan yang membara dalam dada Hadi. Selama berbulan-bulan ia memimpin perjuangan spiritual menyembuhkan Mira, dan setiap detik terasa seperti tarian antara harapan dan keputusasaan.

Dalam keheningan malam, Hadi duduk bersimpuh di ruang doa, alunan ayat suci bergema lembut dari mulutnya. Tangannya menggenggam Al-Qur'an, mengusap halaman demi halaman seperti sedang mencari petunjuk yang lebih dalam. Nafasnya teratur, namun batinnya bergolak.

"Ya Allah, berikan aku kekuatan untuk melawan segala bisikan dan godaan yang datang. Berikan aku kesabaran, keteguhan, dan cahaya-Mu yang tiada pernah padam."

Tiba-tiba, langkah ringan terdengar dari arah pintu. Mira, yang sudah mulai bangkit dari bayang-bayang kegelapan, berjalan pelan menuju Hadi. Tatapannya lembut, namun ada bekas ketakutan yang masih tersisa.

"Pak Hadi," suara kecilnya memecah keheningan, "aku ingin belajar lebih banyak tentang doa dan bagaimana menjaga hatiku agar selalu dekat dengan Allah."

Hadi tersenyum, merasa haru sekaligus bangga. "Tentu, Mira. Kita akan belajar bersama. Karena iman yang kuat adalah benteng dari segala kejahatan."

Mereka duduk berdampingan, dan Hadi mulai mengajarkan doa-doa perlindungan, zikir, dan ilmu tasawuf sederhana. Suara mereka menyatu dalam ruangan kecil itu, mengisi malam dengan energi positif yang menenangkan.

Namun, di balik tembok pesantren, di kegelapan yang jauh, bayangan-bayangan kegelapan masih berkeliaran. Jin Azazel dan pasukannya tidak pernah berhenti mengintai, mencari celah untuk menerobos benteng iman yang dibangun Hadi dan Mira.

Salah satu pasukan jin, berbentuk kabut hitam dengan mata merah menyala, berbisik pada Azazel, "Kita harus lebih licik. Jangan biarkan mereka tahu kita datang. Kita akan menyerang dari dalam, meracuni hati dan pikiran mereka."

Azazel menganggguk dingin, wajahnya menyeringai penuh kebencian. "Kita akan hancurkan iman mereka, dan Mira akan kembali menjadi milik kita."

Keesokan harinya, pondok pesantren dipenuhi aktivitas. Para santri dan ustadz sibuk dengan berbagai kegiatan rutin, namun ada aura berbeda yang mulai terasa. Hadi, yang biasa menjadi sosok tenang dan tegas, terlihat lebih waspada.

Ia memutuskan untuk melakukan ruqyah lebih intensif pada Mira. Sesi itu berlangsung lama, penuh dengan lantunan doa, bacaan ayat suci, dan energi spiritual yang menggetarkan ruang.

Namun, di tengah proses itu, Mira tiba-tiba menggeliat dengan keras, matanya berubah menjadi merah menyala, dan suara serak menggelegar memenuhi ruangan.

"Jangan dengarkan dia! Aku yang berkuasa atasmu!" suara Azazel menggema dari dalam Mira.

Para ustadz terkejut, tetapi Hadi tetap teguh, dengan suara lantang ia membaca ayat-ayat Al-Qur'an dan doa-doa ruqyah dengan penuh keyakinan.

Pertarungan spiritual pun kembali terjadi dengan intensitas yang jauh lebih besar dari sebelumnya. Suara doa melawan bisikan kegelapan bersaing di udara malam.

Setelah sesi ruqyah berakhir, Mira terdiam, kelelahan namun perlahan mulai tenang. Hadi menyadari bahwa meski mereka belum menang, ada kemajuan yang nyata. Kekuatan iman Mira perlahan kembali bangkit.

Di saat itu pula, Hadi merasa panggilan hati yang kuat untuk mendalami ilmu tasawuf lebih jauh. Ia menyadari bahwa pertarungan ini bukan hanya tentang ilmu ruqyah, tapi juga tentang penyucian hati dan jiwa agar lebih kuat menghadapi godaan dan bisikan setan.

Beberapa hari kemudian, Ibu Fatimah mengajak Hadi berdiskusi secara mendalam. Mereka duduk di bawah pohon beringin besar yang rindang di halaman pondok.

"Iman adalah cahaya, Hadi," kata Ibu Fatimah dengan suara lembut namun penuh makna. "Tapi cahaya itu harus dijaga dan dipelihara dengan ilmu, dzikir, dan hati yang bersih. Jin tidak hanya menyerang tubuh, tapi juga pikiran dan jiwa."

Hadi mengangguk, meresapi setiap kata yang keluar dari mulut Ibu Fatimah. Ia merasa bahwa ilmu yang selama ini ia pelajari baru sebatas permukaan, dan untuk menang benar-benar, ia harus masuk ke dalam kedalaman spiritual yang sesungguhnya.

Waktu terus berjalan, dan perjuangan melawan kegelapan semakin intens. Namun di balik semua itu, ada hubungan yang tumbuh antara Hadi dan Mira, bukan sekadar penyembuh dan pasien, tapi juga sahabat yang saling menguatkan.

Mira mulai menunjukkan keteguhan yang luar biasa, bahkan di tengah cobaan yang berat. Ia mulai aktif membantu para santri belajar zikir dan doa, menjadi sosok inspiratif bagi yang lain.

Suatu hari, saat Hadi sedang mengajarkan doa perlindungan, Mira bertanya, "Pak Hadi, bagaimana caranya agar aku tidak takut lagi?"

Hadi tersenyum, menjawab dengan bijak, "Ketakutan itu wajar, Mira. Tapi kita bisa mengatasinya dengan selalu mengingat Allah, berdoa, dan memperkuat iman. Ketika hatimu penuh dengan cahaya, kegelapan tidak punya tempat untuk masuk."

Bab 9: Pertarungan Jiwa dan Cahaya yang Teruji

Udara pagi itu terasa lebih berat dari biasanya. Hadi membuka matanya perlahan, terasa ada beban yang lebih dari biasanya dalam dadanya. Ia duduk di pinggir ranjang, menghela nafas panjang, dan mencoba mengingat kembali semua doa dan harapan yang telah ia panjatkan selama ini.

Mira sudah mulai bangun dari tempat tidurnya, berjalan pelan ke ruang tamu pondok pesantren dengan langkah yang sedikit goyah. Meski terlihat lebih baik, bayang-bayang ketakutan masih jelas terlukis di wajahnya.

Hadi berdiri dan menyambut Mira dengan senyum hangat. "Bagaimana perasaanmu hari ini, Mira?"

Mira menatap mata Hadi penuh kepercayaan, "Aku merasa lebih kuat, tapi ada sesuatu yang masih mengganggu pikiranku, Pak."

Hadi menganggguk, "Itu wajar. Pertarungan yang kita jalani bukan hanya melawan sesuatu yang terlihat, tapi juga yang tersembunyi di dalam hati dan pikiran. Kau harus tetap kuat dan sabar."

Hari itu, Hadi memutuskan untuk mengadakan sesi zikir bersama para santri. Ia ingin menguatkan suasana spiritual di pondok, agar energi positif dan cahaya iman semakin menyebar dan mengusir kegelapan yang masih mengintai.

Dalam lingkaran yang terbuat dari lantai kayu yang dingin, para santri duduk bersimpuh, bersama Hadi dan para ustadz. Suara lantunan ayat Al-Qur'an mengalun, menembus udara pagi, memenuhi setiap sudut ruangan dengan ketenangan dan kekuatan.

Namun, di balik tirai waktu, kegelapan tidak pernah diam. Jin-jin pengganggu berusaha memasuki pikiran dan hati, menyebarkan bisikan-bisikan negatif dan keraguan.

Di dalam diri Mira, suara-suara itu semakin keras. "Kau lemah. Kau tidak akan pernah bebas," bisik mereka dengan penuh ejekan.

Mira menggenggam tangan Hadi erat-erat, seolah mencari kekuatan dari sosok yang dianggapnya pelindung itu.

Setelah sesi zikir, Hadi mengajak Mira untuk berjalan-jalan di halaman pesantren. Udara segar pagi menyentuh wajah mereka, membawa kesegaran dan harapan baru.

"Terkadang, Mira, kita harus keluar dari kegelapan untuk melihat cahaya. Tapi kita juga harus siap menghadapi gelombang badai yang datang bersamaan," ujar Hadi bijak.

Mira menatap langit biru dengan penuh tekad. "Aku ingin kuat, Pak. Aku tidak mau hidup dalam ketakutan lagi."

Namun, tidak semua hari berjalan mulus. Suatu malam, saat Hadi sedang melakukan doa malam, ia merasakan getaran aneh di sekelilingnya. Suara bisikan penuh kebencian mulai menyelinap masuk ke pikirannya.

"Kau lelah, Hadi. Berhentilah berjuang. Kau tidak akan pernah menang melawanku."

Hadi menutup mata, menguatkan diri dengan bacaan doa dan ayat suci. "Aku berpegang pada Allah. Dia yang memberi kekuatan padaku."

Bisikan itu berubah menjadi tawa seram yang menggema di seluruh ruangan, membuat tubuh Hadi merinding.

Keesokan harinya, Hadi membagikan pengalamannya kepada Ustadz Yusuf dan Ibu Fatimah. Mereka mengingatkan pentingnya menjaga hati dan pikiran agar tetap bersih dan fokus pada tujuan.

"Pertarungan ini tidak hanya di dunia nyata, tapi juga di alam batin. Kekuatan kita datang dari keyakinan dan keteguhan iman," kata Ibu Fatimah.

Hadi mengangguk, menyadari bahwa ia harus semakin mendekatkan diri pada Allah untuk mampu melewati ujian ini.

Bab 10: Gelombang Kegelapan dan Pelita Iman

Malam yang sunyi melingkupi pondok pesantren, namun bagi Hadi dan para penghuni pondok, malam itu adalah ujian lain yang tak kalah beratnya. Angin dingin berhembus pelan, seakan membawa bisikan-bisikan kegelapan yang berusaha menembus batas spiritual mereka.

Hadi duduk bersimpuh di ruang doa, memegang Al-Qur'an dengan tangan gemetar. Ia mengulang-ulang ayat-ayat ruqyah dengan suara penuh keyakinan, berusaha mengusir bayangan-bayangan gelap yang masih mengintai Mira.

Di kamar sebelah, Mira tertidur lelap, wajahnya tampak lebih tenang, namun sesekali alisnya berkerut seperti sedang berjuang melawan sesuatu yang tak terlihat.

Tiba-tiba, terdengar suara gaduh dari luar kamar Mira. Hadi segera bangkit, langkahnya cepat menuju asal suara. Di koridor, ia bertemu Ustadz Yusuf yang tampak waspada.

"Kita harus bersiap, Hadi. Kegelapan mulai mencoba menyerang dengan cara yang berbeda," ujar Ustadz Yusuf.

Mereka bersama-sama menuju ruang utama, mengumpulkan para santri dan ustadz. Hadi menyampaikan bahwa mereka harus memperkuat doa dan zikir, serta menjaga hati tetap kuat dan bersih.

"Ini adalah saat dimana iman kita diuji. Kegelapan akan datang, tapi jangan pernah biarkan ia merusak cahaya dalam diri kita," kata Hadi dengan suara tegas.

Malam itu, doa dan zikir bergema di seluruh pondok. Para santri membaca ayat-ayat suci dengan penuh penghayatan, menciptakan perisai spiritual yang kuat.

Namun, di balik tembok pondok, bayangan gelap itu mulai bergerak dengan licik. Jin-jin pengganggu berusaha menyusup ke dalam mimpi para santri, mencoba menyebarkan rasa takut dan keraguan.

Salah satu santri muda, Ahmad, terbangun dengan napas tersengal-sengal, tubuhnya menggigil ketakutan. Ia melihat bayangan hitam melintas di sudut kamarnya.

Keesokan paginya, Hadi mengajak Ahmad berbicara.

"Kamu kuat, Ahmad. Jangan biarkan ketakutan menguasai hatimu," kata Hadi lembut.

Ahmad menatap mata Hadi dengan penuh harap, "Pak Hadi, bagaimana caranya aku bisa melawan ketakutan ini?"

Hadi tersenyum, "Dengan menguatkan iman dan selalu mengingat Allah. Ketakutan akan hilang ketika kita percaya pada-Nya."

Sementara itu, Mira mulai mengalami mimpi-mimpi aneh yang mengganggu tidurnya. Dalam mimpi itu, ia berada di ruang gelap yang luas, dikelilingi oleh bisikan-bisikan yang memanggil namanya dengan nada menggoda.

Ia merasakan ketakutan yang dalam, namun suara doa yang pernah diajarkan Hadi terus mengisi pikirannya, membantunya bertahan.

Hari-hari berlalu, dan perjuangan melawan kegelapan semakin intens. Hadi mulai mengajak para santri untuk belajar lebih dalam tentang ilmu tasawuf dan cara menjaga hati agar tetap bersih dari penyakit spiritual.

Mereka belajar tentang sabar, tawakal, dan penghambaan yang tulus kepada Allah. Pelajaran ini bukan hanya teori, tapi harus diamalkan dalam setiap langkah kehidupan mereka.

Suatu sore, Ibu Fatimah mengadakan pengajian khusus untuk para santri dan ustadz. Ia membawakan tema tentang "Cahaya dalam Kegelapan", bagaimana iman bisa menjadi pelita di tengah kesulitan dan ujian.

"Ketika kita menghadapi gelombang kegelapan, janganlah kita menyerah. Ingatlah bahwa Allah selalu bersama orang-orang yang sabar dan beriman," kata Ibu Fatimah.

Para santri mendengarkan dengan seksama, hati mereka mulai dipenuhi harapan dan semangat baru.

Malam berikutnya, Hadi melakukan doa malam dengan intensitas lebih tinggi. Ia merasa ada kehadiran yang berbeda di sekitarnya, bukan hanya ancaman, tapi juga sebuah kekuatan yang mulai mengisi dirinya.

Saat membaca doa ruqyah, tiba-tiba muncul sosok cahaya putih yang melingkupi ruang itu, memberikan ketenangan dan kekuatan.

Hadi terkejut sekaligus bersyukur. Ia menyadari bahwa ini adalah pertanda bahwa usaha dan doa mereka mulai mendapat ridha dari Allah.

Namun, pertempuran masih jauh dari selesai. Jin Azazel dan pasukannya tidak akan mudah menyerah. Mereka mulai merancang strategi baru, mencoba menggoyahkan pondasi iman para pejuang cahaya itu.

Di tengah kegelapan itu, Hadi harus terus memperkuat diri dan menjadi teladan bagi semua yang mempercayainya.

Bab 11: Gelombang Terakhir dan Kemenangan Iman

Pondok pesantren di lereng bukit itu kembali diselimuti oleh keheningan malam yang tebal, namun bagi Hadi, malam itu terasa berbeda. Ada ketegangan yang mengambang di udara, seperti badai yang sedang mengintai sebelum menghantam dengan dahsyat. Ia duduk bersimpuh di ruang doa, tangannya menggenggam erat Al-Qur'an, mencari kekuatan dari ayat-ayat suci yang tak pernah gagal menenteramkan jiwa.

Sejak beberapa hari terakhir, gelombang kegelapan yang datang semakin intens. Jin Azazel, yang menjadi penguasa kegelapan di balik penderitaan Mira, semakin gigih menyerang dengan tipu daya dan kekuatan jahatnya. Pertarungan spiritual yang dijalani Hadi dan timnya menjadi ujian terakhir yang menentukan.

Hadi memandang langit malam yang bertabur bintang. "Ya Allah, aku pasrah pada-Mu. Berikan aku kekuatan untuk menuntaskan perjuangan ini demi menyelamatkan jiwa yang Kau titipkan."

Di kamar sebelah, Mira masih tertidur dengan wajah yang tampak damai, namun Hadi tahu bahwa jiwa gadis itu masih berperang. Sisa-sisa kegelapan berusaha mencuri kembali kendali, namun iman yang terus tumbuh di dalam dirinya menjadi benteng kuat.

Pagi harinya, Hadi mengumpulkan semua tim ruqyah, para ustadz, dan santri terbaik untuk melakukan persiapan terakhir. Mereka bersama-sama memperdalam doa, zikir, dan niat tulus yang membara di dalam hati.

"Ini adalah pertarungan terakhir," ujar Hadi dengan suara penuh tekad. "Kita harus menjadi pelita yang tak pernah padam, menerangi kegelapan dengan cahaya iman."

Di ruang utama, suasana hening dan penuh konsentrasi. Hadi mulai membaca ayat-ayat ruqyah dengan suara lantang dan penuh semangat. Para ustadz menyusul dengan doa-doa pelindung dan dzikir yang menggetarkan.

Mira yang terbaring di tengah ruangan mulai bergerak, matanya terbuka perlahan, menatap dengan pandangan yang jauh berbeda. Ada keteguhan dan cahaya yang terpancar, tanda bahwa iman dan perjuangan mulai menembus bayangan kegelapan.

Namun, Azazel tidak tinggal diam. Dalam wujud bayangan hitam yang mengerikan, ia berteriak penuh kemarahan, "Kalian tidak akan pernah menang! Aku akan menguasai jiwa itu dan menghancurkan semua yang kalian bangun!"

Pertarungan antara cahaya dan gelap itu semakin intens, terdengar gema doa dan teriakan dari kedua belah pihak. Setiap ayat yang dilantunkan oleh Hadi dan para ustadz adalah tameng yang menangkis serangan-serangan jin jahat.

Dalam momen itu, Hadi merasakan kekuatan yang luar biasa mengalir dari dalam dirinya. Ia teringat akan semua ujian dan cobaan yang sudah dilewati, dari keraguan hingga keputusasaan, semua kini berubah menjadi keyakinan yang bulat.

"Dengan nama Allah, aku usir segala kejahatan yang menguasai Mira," Hadi berteriak, suaranya penuh dengan kekuatan yang tak terbayangkan.

Secara perlahan, bayangan gelap yang menguasai Mira mulai memudar, tergantikan oleh cahaya putih yang hangat dan damai.

Suasana menjadi hening. Mira membuka matanya, tersenyum dengan wajah yang cerah dan penuh syukur.

"Terima kasih, Pak Hadi. Aku bebas sekarang," katanya lembut.

Hadi dan semua yang hadir merasakan kelegaan dan kebahagiaan yang luar biasa. Pertarungan panjang itu akhirnya mencapai titik kemenangan. Cahaya iman yang mereka jaga dengan sabar dan keteguhan telah mengalahkan kegelapan yang paling pekat.

Namun, Hadi tahu bahwa perjalanan ini bukan akhir, melainkan awal dari sebuah perjalanan spiritual yang lebih dalam dan penuh hikmah.

Bab 12: Setelah Badai, Pelajaran yang Mendalam

Udara pagi menyambut pondok pesantren dengan kesunyian yang berbeda. Bukan lagi kesunyian yang berat penuh ketegangan, melainkan kesunyian yang damai, penuh harapan dan rasa syukur. Hadi duduk di teras pondok, menatap langit yang perlahan berubah warna, mengiringi fajar yang datang dengan janji baru.

Ia menarik napas dalam-dalam, merasakan ketenangan yang belum pernah ia rasakan selama berbulan-bulan terakhir. Perjuangan yang melelahkan akhirnya berbuah manis, namun ia tahu bahwa pelajaran terbesar belum berakhir.

Mira yang kini sehat sepenuhnya, berjalan perlahan menuju Hadi dengan senyum yang tulus. "Pak Hadi, aku ingin belajar lebih banyak, bukan hanya tentang doa dan ruqyah, tapi tentang bagaimana menjaga hati agar selalu kuat dan bersih."

Hadi tersenyum, "Itu adalah langkah yang tepat, Mira. Karena iman bukan hanya ketika kita diuji, tapi juga saat kita menjalani kehidupan sehari-hari."

Seiring waktu, pondok pesantren menjadi tempat yang penuh dengan energi positif dan semangat pembelajaran. Para santri lebih giat dalam belajar ilmu tasawuf, membaca Al-Qur'an, dan mendalami zikir sebagai senjata utama melawan godaan dunia dan kegelapan.

Hadi semakin aktif membimbing para santri dan ustadz dalam perjalanan spiritual mereka. Ia mengajarkan pentingnya sabar, tawakal, dan keikhlasan sebagai pondasi iman yang kokoh.

Namun, di balik kebahagiaan itu, Hadi menyadari bahwa pertarungan batin adalah ujian sepanjang hayat. Ia mulai menulis catatan harian tentang pengalaman dan pelajaran yang ia dapatkan selama menghadapi kegelapan, berharap suatu hari nanti catatan itu bisa menjadi warisan berharga bagi generasi berikutnya.

Suatu sore, Ibu Fatimah mengundang Hadi untuk berdiskusi dalam ruang tamu pondok. Mereka membahas makna kemenangan sejati, bukan hanya mengusir jin, tapi juga menyucikan hati dan jiwa.

"Ketahuilah, Hadi," kata Ibu Fatimah, "setiap manusia punya ujian dan gelombang badai dalam hidupnya. Namun yang terpenting adalah bagaimana kita menjaga iman agar tetap bersinar."

Hari-hari berlalu dengan penuh makna. Mira menjadi contoh bagi para santri lain, mengajarkan bahwa keteguhan iman bisa membawa kedamaian dalam hati yang paling gelap sekalipun.

Hadi terus melangkah dengan hati yang ikhlas dan pikiran yang terbuka, siap menghadapi apapun yang akan datang.

Bab 13: Ujian Baru di Balik Damai

Pondok pesantren kini kembali hidup dengan aktivitas yang penuh semangat. Para santri melaksanakan rutinitas mereka dengan tekun, mengaji, berdzikir, dan belajar ilmu agama. Suasana damai dan hangat mulai mengisi setiap sudut tempat itu.

Hadi, sebagai sosok yang kini dianggap teladan, terus membimbing mereka dengan penuh kasih sayang dan keteguhan. Namun, dalam hatinya, ia sadar bahwa ujian terbesar belum benar-benar usai.

Di tengah suasana yang tenang, sebuah kabar datang dari desa tetangga. Seorang anak kecil yang juga diduga mengalami gangguan jin mulai menunjukkan gejala yang mirip dengan yang dialami Mira dulu.

Hadi merasa terpanggil untuk membantu, tapi ia tahu bahwa pertarungan kali ini akan berbeda. Ia pun mulai menyiapkan diri secara fisik dan mental, serta berkoordinasi dengan para ustadz dan santri yang sudah matang secara ilmu dan spiritual.

Setibanya di desa itu, Hadi disambut oleh keluarga anak tersebut yang penuh harap. Mereka bercerita tentang perubahan drastis pada anak mereka, dari yang ceria menjadi murung dan sering mengamuk tanpa sebab yang jelas.

Hadi mulai mengobservasi dengan hati-hati. Ia mendengarkan cerita keluarga dan lingkungan sekitar, mencoba mencari tanda-tanda gangguan jin yang nyata.

Selama beberapa hari, Hadi melakukan ruqyah ringan dan memperkuat doa di rumah keluarga tersebut. Namun, ia segera sadar bahwa jin yang mengganggu bukan sembarangan. Sosok itu kuat dan licik, mencoba menjebak mereka dalam kebingungan dan ketakutan.

Hadi mengajak keluarga dan tokoh masyarakat setempat untuk berdiskusi dan menguatkan solidaritas mereka. Ia menekankan pentingnya iman, kesabaran, dan kebersamaan dalam menghadapi ujian ini.

Dalam diskusi itu, Hadi juga mengingatkan bahwa kadang-kadang ujian datang dalam bentuk yang tidak terduga, dan kemenangan hanya bisa diraih jika hati tetap bersih dan pikiran terbuka.

Selama proses ruqyah intensif, Hadi menghadapi berbagai godaan dan tekanan dari jin yang mencoba mengganggu ketenangan dan fokusnya. Namun, dengan doa yang tak henti dan keyakinan yang kuat, ia terus maju tanpa gentar.

Perjuangan ini tidak hanya soal mengusir jin, tapi juga menguatkan hati manusia agar tak mudah tergoyahkan oleh rasa takut dan putus asa.

Malam-malam berlalu dengan penuh doa dan zikir, dan secara perlahan perubahan mulai terlihat pada anak itu. Senyum mulai kembali, dan mata yang dulu kosong mulai memancarkan harapan.

Keluarga dan masyarakat pun mulai percaya dan berterima kasih kepada Hadi, yang telah membawa cahaya baru dalam hidup mereka.

Bab 14: Cahaya di Tengah Kabut Kesedihan

Hari-hari di pondok pesantren terasa berbeda sejak Hadi kembali dari desa tetangga. Ada kelegaan yang menghiasi wajah para santri, tapi di balik itu semua, Hadi tahu bahwa gelombang ujian masih belum usai.

Mira duduk di halaman, menatap jauh ke arah bukit yang menyambut sinar matahari pagi. Matanya berkaca-kaca, memikirkan segala perjalanan yang sudah dilaluinya, dari kegelapan menuju cahaya.

Di dalam pondok, Hadi sedang mempersiapkan materi pengajian malam itu. Ia ingin berbagi kisah perjuangan dan pelajaran tentang bagaimana menghadapi kesedihan dan cobaan dengan iman yang teguh.

Ketika malam tiba, para santri berkumpul di ruang utama, duduk rapi menghadap Hadi yang berdiri di depan dengan Al-Qur'an di tangan. Suasana hening, penuh harap dan rasa ingin tahu.

Hadi membuka pengajiannya dengan mengutip ayat-ayat yang menguatkan, "Sesungguhnya sesudah kesulitan ada kemudahan." Suara lembutnya menggema, mengisi ruang dengan ketenangan.

Ia menceritakan pengalaman Mira, bagaimana cahaya iman mampu mengalahkan kegelapan jiwa, tapi juga bagaimana perjalanan itu tidak selalu mudah.

Mira duduk di antara para santri, mendengarkan dengan seksama. Meski sempat terpukul oleh rasa takut dan putus asa, ia kini belajar bagaimana menguatkan hati dan menerima setiap ujian sebagai bagian dari perjalanan hidup.

Beberapa santri mulai bertanya, tentang rasa sedih yang mendalam dan bagaimana cara agar tidak terjebak dalam kesedihan yang melumpuhkan.

Hadi menjawab dengan sabar, "Kesedihan itu manusiawi, tapi jangan biarkan ia menjadi beban yang menghancurkan kita. Berdoalah, berdzikir, dan tetap berpegang pada janji Allah."

Ia menekankan pentingnya komunitas dan saling mendukung satu sama lain dalam menghadapi masalah hidup.

Malam itu menjadi titik balik bagi banyak santri. Mereka belajar bahwa iman bukan hanya tentang kekuatan melawan kegelapan, tapi juga tentang bagaimana kita menghadapi luka dan kesedihan dengan lapang dada.

Di hari-hari berikutnya, pondok semakin hidup dengan semangat baru. Kegiatan zikir dan doa semakin intens, saling menguatkan antara satu dengan yang lain.

Hadi juga mulai mengadakan sesi khusus bagi mereka yang mengalami kesulitan batin, membantu mereka melewati masa-masa berat dengan kasih sayang dan pemahaman.

Namun, tak lama kemudian, sebuah kabar mengejutkan datang. Salah satu ustadz senior di pondok tiba-tiba jatuh sakit dengan gejala yang aneh, membuat semua orang cemas.

Hadi segera mengambil peran, berdoa dan melakukan ruqyah dengan hati-hati. Ia merasakan bahwa ada energi gelap yang mencoba menyerang dari dalam.

Pertarungan baru pun dimulai, pertarungan bukan hanya untuk tubuh, tapi juga untuk jiwa sang ustadz yang selama ini menjadi panutan.

Bab 15: Pertempuran di Balik Tirai Malam

Udara malam pekat menyelimuti pondok pesantren dengan keheningan yang menekan. Namun di balik keheningan itu, pertempuran yang jauh lebih besar sedang berlangsung. Hadi duduk bersimpuh di ruang doa, sekujur tubuhnya bergetar karena kelelahan dan ketegangan.

Pikiran dan hatinya tertuju pada Ustadz Mahmud, sosok senior yang selama ini menjadi pilar utama pondok. Kini, Ustadz Mahmud terbaring lemah dengan kondisi yang mengkhawatirkan. Gejala aneh yang menyelimuti tubuh dan jiwanya membuat semua orang resah.

Hadi sudah melakukan berbagai upaya: doa, ruqyah, dan pengobatan medis. Tapi kekuatan yang menyerang ustadz itu bukan sekadar penyakit biasa. Ada energi gelap yang berusaha menguasai, melemahkan iman dan jiwa sang ustadz.

Para santri dan ustadz yang lain ikut berdoa, menyalurkan kekuatan spiritual mereka demi kesembuhan Ustadz Mahmud. Hadi merasakan beban berat di pundaknya, ini bukan hanya ujian bagi ustadz, tapi juga ujian bagi seluruh pondok dan iman mereka.

Di ruang kecil itu, Hadi mengucapkan ayat-ayat ruqyah dengan suara tegas, mengusir kegelapan yang berusaha merasuk. Perlahan, ia merasakan kehadiran sesuatu yang sangat kuat, lebih kuat dari jin-jin yang pernah mereka hadapi sebelumnya.

Waktu terus berjalan, dan pertempuran itu semakin intens. Jin Azazel, yang selama ini menjadi musuh utama, ternyata masih memegang kendali dari balik bayang-bayang. Ia berusaha menggoyahkan fondasi iman Ustadz Mahmud, berharap dengan itu bisa melemahkan semangat seluruh pondok.

Hadi menatap ke langit malam, memohon kekuatan dari Allah untuk mampu bertahan dan melindungi sahabatnya. "Ya Rabb, kuatkanlah aku dan ustadz, berikanlah kami cahaya-Mu yang tak pernah pudar."

Selama hari-hari berikutnya, Hadi menjalani rutinitas yang melelahkan: membagi waktu antara menjaga ustadz, membimbing para santri, dan terus memperdalam doa serta dzikir. Ia tahu bahwa perjuangan kali ini membutuhkan kesabaran dan keteguhan hati yang luar biasa.

Malam demi malam, doa dan dzikir mereka menggema, menciptakan perisai spiritual yang kuat. Namun Azazel juga tak tinggal diam, ia memunculkan ilusi dan bisikan yang merusak ketenangan, berusaha menggoda dan mengacaukan pikiran Hadi.

Dalam sebuah malam yang gelap, Hadi bermimpi. Dalam mimpi itu, ia bertemu dengan sosok cahaya yang lembut namun penuh kekuatan. Sosok itu membisikkan pesan, "Jangan pernah menyerah, imanmu adalah senjata terkuat. Kemenangan hanya untuk mereka yang bertahan dalam gelap."

Bangun dari mimpi itu, Hadi merasa terisi kembali dengan semangat baru. Ia tahu bahwa pertempuran ini bukan hanya soal mengusir jin, tapi soal mempertahankan iman dalam ujian terberat.

Di hari berikutnya, kondisi Ustadz Mahmud mulai menunjukkan tanda-tanda perubahan. Perlahan, energi gelap yang melekat mulai menghilang, digantikan oleh ketenangan dan kekuatan baru.

Para santri dan ustadz bersyukur atas kemajuan ini, namun mereka tetap waspada. Hadi menegaskan pentingnya tetap fokus dan tidak lengah, karena kegelapan bisa datang kapan saja.

Bab 16: Bayangan Lama yang Muncul Kembali

Malam itu, angin dingin berhembus lembut menyusup ke dalam kamar Hadi. Ia duduk termenung, memandang sekeliling ruang kecil yang sederhana namun penuh kenangan. Semilir doa masih bergema di benaknya, namun hatinya merasa ada sesuatu yang belum selesai.

Sejak kejadian dengan Ustadz Mahmud, suasana di pondok mulai kembali tenang. Para santri semakin giat belajar dan beribadah, namun Hadi tahu bahwa kedamaian yang mereka rasakan hanyalah sementara. Bayangan lama yang pernah menghantui Mira dan dirinya belum sepenuhnya hilang.

Dalam hatinya, Hadi merasakan ada gelombang gelap yang bersembunyi, menunggu waktu yang tepat untuk muncul kembali. Ia memutuskan untuk lebih waspada, memperdalam ilmu dan memperkuat doa-doanya.

Beberapa hari kemudian, sebuah kabar mengejutkan datang dari kota. Seorang sahabat lama, yang dulu juga pernah berjuang melawan kegelapan, menghubungi Hadi dengan suara yang penuh kecemasan.

"Saya dengar ada hal yang mengganggu di pondokmu, Hadi. Aku khawatir sesuatu yang lebih besar sedang mendekat," kata sahabat itu.

Hadi merasa jantungnya berdebar. Ia tahu ini bukan hanya tentang gangguan jin biasa, tapi sesuatu yang jauh lebih serius.

Keesokan harinya, Hadi memutuskan untuk melakukan perjalanan singkat ke kota untuk bertemu dengan sahabatnya. Ia ingin mengetahui lebih banyak tentang ancaman yang akan datang dan bersiap menghadapi gelombang ujian berikutnya.

Dalam perjalanan itu, pikirannya dipenuhi dengan kenangan masa lalu, tentang perjuangan dan kemenangan yang telah diraih, tapi juga tentang kegelapan yang pernah hampir menelan semua.

Di kota, Hadi bertemu dengan sahabatnya, Ustadz Firman, seorang yang juga dikenal sebagai ahli ruqyah dan tasawuf. Mereka berbincang panjang tentang situasi saat ini dan potensi ancaman yang sedang berkembang.

Firman membuka sebuah buku kuno yang penuh catatan dan doa-doa kuat. "Ini adalah petunjuk dari para ulama terdahulu, Hadi. Kita harus siap menghadapi ujian ini dengan ilmu dan hati yang kuat."

Kembali ke pondok, Hadi mulai menyusun rencana bersama para ustadz dan santri. Mereka mengadakan pelatihan intensif, meningkatkan kewaspadaan, dan memperkuat ikatan komunitas sebagai benteng menghadapi kegelapan.

Namun, tidak semua orang merasa yakin. Beberapa santri mulai menunjukkan keraguan dan ketakutan, terutama saat kabar-kabar menyeramkan mulai beredar di sekitar pondok.

Hadi pun berusaha menguatkan mereka dengan kata-kata penuh harapan, "Kita adalah umat yang diberkahi iman. Kegelapan bisa datang, tapi kita punya cahaya yang tidak akan pernah padam."

Bab 17: Gelombang Kegelapan yang Menghantui

Udara malam kali ini terasa berat. Kabut tipis menyelimuti jalan setapak menuju pondok pesantren, membuat bayangan-bayangan terlihat samar dan menyeramkan. Hadi berjalan perlahan, matanya waspada mengamati sekeliling. Rasa tenang yang selama ini menyelimuti pondok mulai terkoyak oleh kabar-kabar mengerikan yang menyebar di desa sekitar.

Para santri yang biasanya riang dan penuh semangat kini terlihat murung dan penuh ketakutan. Beberapa bahkan mulai meragukan kemampuan mereka untuk menghadapi kegelapan yang semakin menguat. Hadi tahu, saat ini adalah masa kritis yang membutuhkan keteguhan hati dan kekuatan iman yang lebih besar dari sebelumnya.

Ia memasuki ruang utama pondok, di mana para ustadz dan beberapa santri terbaik sudah berkumpul. Wajah mereka memancarkan kecemasan, namun juga tekad untuk tidak menyerah.

"Saudaraku," Hadi memulai dengan suara yang tenang namun penuh wibawa, "kita sedang menghadapi ujian yang tidak ringan. Namun ingatlah, setiap ujian adalah kesempatan untuk menguatkan iman dan mendekatkan diri kepada Allah. Kita tidak sendirian dalam perjuangan ini."

Dalam pertemuan itu, Hadi dan para ustadz membahas strategi dan persiapan untuk menghadapi gelombang kegelapan yang semakin nyata. Mereka sepakat untuk meningkatkan intensitas doa, zikir, dan ruqyah, serta menjaga solidaritas di antara mereka agar tidak mudah terpecah oleh bisikan-bisikan negatif.

Seiring malam semakin larut, suara ayat-ayat suci bergema dari mulut para santri dan ustadz, menciptakan atmosfer yang penuh keberkahan. Hadi merasa ada kekuatan besar yang mengalir di antara mereka, sebuah energi spiritual yang menjadi benteng kokoh melawan kegelapan.

Namun, di balik semangat itu, Hadi tak bisa mengabaikan rasa gelisah yang terus mengganggu pikirannya. Ia merasa ada sesuatu yang lebih besar dan lebih licik dari yang pernah mereka hadapi. Sesuatu yang mampu menembus batas-batas ruang dan waktu, mengancam bukan hanya fisik, tapi juga jiwa dan keyakinan mereka.

Keesokan harinya, kabar buruk datang dari salah satu desa yang jauh. Seorang anak perempuan yang dikenal sebagai santri cilik di pondok tetangga mulai menunjukkan tanda-tanda kerasukan yang parah. Keluarganya mengirim pesan mendesak agar Hadi dan tim segera datang membantu.

Hadi segera memimpin rombongan kecil berisi para ustadz dan santri terbaik untuk menuju desa tersebut. Dalam perjalanan, suasana menjadi semakin mencekam. Setiap langkah membawa mereka lebih dekat pada pertempuran yang belum pernah mereka bayangkan sebelumnya.

Sesampainya di desa, mereka disambut oleh keluarga dan tetangga yang penuh harap dan kecemasan. Anak perempuan itu bernama Laila, berusia sembilan tahun, yang sebelumnya dikenal ceria dan penuh semangat kini berubah menjadi sosok yang murung dan penuh amarah.

Hadi mengamati dengan seksama kondisi Laila. Tubuh kecil itu terkadang bergetar hebat, matanya merah dan tajam menatap kosong ke arah langit. Ada bisikan-bisikan gelap yang seakan mengalir dari mulutnya saat tengah malam, membuat seluruh keluarga takut dan bingung.

Dengan penuh ketenangan, Hadi mulai membaca ayat-ayat ruqyah, sementara para ustadz dan santri mendukung dengan doa dan zikir. Namun, energi gelap yang menguasai Laila jauh lebih kuat daripada yang mereka hadapi sebelumnya.

Selama beberapa hari, mereka melakukan ruqyah intensif, berjuang melawan kekuatan yang mencoba merusak jiwa dan raga Laila. Setiap malam menjadi pertarungan berat antara cahaya dan kegelapan, iman dan keraguan.

Hadi menyadari bahwa ini bukan hanya tentang mengusir jin. Ada masalah batin dan trauma yang dalam yang menjadi celah bagi kegelapan itu masuk. Ia pun mulai berbicara dengan Laila dengan lembut, mencoba menyentuh hatinya yang terluka.

Melalui percakapan dan doa, Laila perlahan mulai membuka diri. Ia menceritakan rasa kesepian dan ketakutan yang selama ini ia pendam, serta kejadian traumatis yang membuat hatinya rapuh.

Hadi menyadari bahwa kekuatan iman yang sejati harus datang dari dalam diri sendiri. Perjuangan mereka tidak hanya melawan jin, tapi juga membantu manusia menemukan cahaya di tengah gelapnya jiwa.

Setelah berminggu-minggu perjuangan, perubahan mulai terlihat. Senyum kecil mulai menghiasi wajah Laila, matanya yang dulu kosong kini mulai memancarkan cahaya harapan.

Keluarga dan masyarakat desa merasa sangat bersyukur. Mereka menyaksikan mukjizat kecil yang terjadi berkat keteguhan iman dan doa yang tak pernah putus.

Bab 18: Munculnya Keraguan dan Kekuatan Iman

SENJA MULAI MERUNDUK di balik pegunungan saat Hadi kembali ke pondok setelah meninggalkan desa Laila. Udara hangat sore terasa membawa ketenangan yang sesaat, namun dalam hatinya, pergolakan masih bergejolak. Perjalanan panjang melawan kegelapan tidak membuatnya lelah secara fisik saja, tetapi juga mengguncang sisi spiritualnya.

Sesampainya di pondok, suasana terlihat berbeda. Beberapa santri duduk melingkar di ruang tengah, wajah mereka menunjukkan raut kekhawatiran. Salah satu dari mereka, Amira, tampak sedang berbicara dengan suara gemetar, menyampaikan kegelisahan yang telah lama dipendam.

Hadi segera mendekat, merasakan ketegangan yang ada di udara. "Apa yang sedang terjadi?" tanyanya dengan lembut.

Amira menghela napas dalam-dalam. "Pak Hadi, beberapa santri mulai merasa berat dengan ujian yang kita hadapi. Ada yang mulai meragukan apakah semua ini benar-benar akan berakhir baik. Mereka takut jika kegelapan itu akan selalu mengejar kita."

Hadi mengangguk, memahami keraguan yang muncul bukan karena kurangnya iman, tapi karena manusiawi menghadapi tekanan yang berat. Ia berdiri, menatap mata semua santri yang hadir.

"Keraguan adalah bagian dari ujian. Tapi ingat, saudara-saudaraku, iman bukan berarti kita tidak pernah merasa takut atau ragu. Iman adalah ketika kita tetap berdiri dan melangkah meski rasa takut itu ada," ucap Hadi dengan suara penuh keyakinan.

Malam itu, Hadi mengajak para santri melakukan zikir dan doa bersama di halaman pondok. Suara mereka bergema dalam keheningan malam, mengangkat hati yang berat dan menyatukan jiwa-jiwa dalam harapan dan keteguhan.

Seiring waktu berjalan, Hadi juga mulai menyadari bahwa ujian kali ini bukan hanya tentang gangguan jin atau kegelapan yang bisa dilihat secara kasat mata. Ada konflik batin, rasa takut yang tersembunyi, dan luka-luka lama yang belum tersembuhkan di antara para santri.

Ia pun mengadakan sesi curhat dan konsultasi, memberi ruang bagi mereka untuk menyuarakan kegelisahan dan menemukan jalan keluar bersama.

Dalam salah satu sesi itu, Mira berbagi pengalamannya. "Pak Hadi, aku pernah merasa ingin menyerah. Ketika gelap itu datang, aku merasa seolah tidak ada jalan keluar. Tapi doa dan doa yang Pak Hadi ajarkan membuatku kembali kuat."

Hadi tersenyum, "Mira, itu adalah kekuatan iman yang sesungguhnya. Kita tidak selalu menang dengan mudah, tapi kita menang dengan tidak menyerah."

Namun, dalam ketenangan itu, ada satu santri bernama Farid yang diam-diam menyimpan keraguan yang lebih dalam. Ia mulai merasa bahwa segala usaha mereka sia-sia, dan bahkan mempertanyakan jalan yang mereka pilih.

Suatu malam, Farid keluar dari kamar secara diam-diam, berjalan menuju hutan kecil di belakang pondok. Ia duduk sendiri, merenung dalam gelap. Hadi, yang kebetulan sedang berkeliling, melihatnya dan mendekat dengan langkah perlahan.

"Farid, apa yang kau lakukan di sini?" tanya Hadi dengan lembut.

Farid menunduk, suara seraknya pecah, "Pak Hadi, aku... aku mulai merasa lelah. Kenapa kita harus terus berjuang melawan sesuatu yang tak terlihat? Kadang aku merasa Allah diam, dan kita hanya berusaha sendiri."

Hadi duduk di sebelahnya, menatap jauh ke langit malam yang bertabur bintang. "Aku juga pernah merasakan itu, Farid. Tapi ingat, Allah selalu ada, meski kita tidak selalu melihat atau merasakan-Nya secara langsung. Iman bukan soal kepastian, tapi tentang percaya di saat ketidakpastian."

Malam itu, Hadi menceritakan kisah para nabi dan ulama terdahulu yang menghadapi ujian berat. Ia mengingatkan Farid bahwa perjalanan spiritual adalah proses yang penuh liku, bukan jalan yang mudah.

Sejak saat itu, Farid mulai mencoba menerima pergumulannya, belajar menguatkan hatinya dengan doa dan dzikir. Ia tidak lagi bersembunyi dalam keraguan, tapi berusaha melangkah meski dengan rasa takut yang ada.

Hari-hari berikutnya, pondok mulai menunjukkan perubahan. Para santri yang sebelumnya ragu mulai kembali menemukan semangatnya. Hadi terus membimbing dengan sabar, menguatkan komunitas agar tetap bersatu dan tegar.

Namun, kegelapan yang mengintai di luar pondok tak pernah benar-benar pergi. Bisikan-bisikan jahat semakin keras, mencoba memecah belah dan melemahkan iman mereka dari dalam.

Bab 19: Malam Penuh Bisikan

MALAM ITU, LANGIT MENUTUPI bumi dengan selimut hitam pekat. Angin berhembus lembut, menyusup ke celah-celah pondok pesantren yang sederhana. Di dalam, suasana sunyi kecuali suara gemerisik dedaunan yang beradu dengan angin. Namun, di balik kesunyian itu, sesuatu yang gelap dan jahat bergerak perlahan, mengintai, menunggu momen yang tepat untuk menyerang.

Hadi duduk di sudut kamar kecilnya, wajahnya tampak lelah tapi matanya bersinar dengan keteguhan yang sulit digoyahkan. Sejak kejadian di desa Laila dan pertemuan dengan keraguan yang dialami beberapa santri, ia semakin sadar bahwa kegelapan yang mereka hadapi bukan hanya berupa makhluk gaib. Kegelapan itu telah masuk ke dalam jiwa-jiwa manusia, meracuni pikiran dan hati dengan rasa takut, kebencian, dan keputusasaan.

Ia membuka Al-Qur'an dan membacakan ayat-ayat perlindungan dengan suara lembut tapi penuh keyakinan. "Katakanlah: Aku berlindung kepada Tuhan yang menguasai subuh, dari kejahatan makhluk yang Dia ciptakan..."

Di luar, suara samar terdengar, bisikan-bisikan halus yang seolah berasal dari bayang-bayang. Hadi merasakan ada sesuatu yang mengamati, mencoba memasuki ruang pikirannya, menggoda dengan keraguan dan ketakutan.

Di ruang utama pondok, para santri juga sedang melakukan zikir bersama. Suara mereka bersatu dalam satu irama, melantunkan kalimat tauhid dan doa perlindungan. Namun, di antara mereka, ada yang mulai terganggu oleh bisikan itu, terutama seorang santri bernama Rafi.

Rafi adalah sosok yang cerdas namun mudah terombang-ambing oleh emosi. Seminggu terakhir, ia merasa seperti ada beban berat yang menekan pikirannya, membuatnya sulit tidur dan fokus belajar.

Saat zikir berlangsung, bisikan-bisikan itu semakin keras di telinganya, mengucapkan kata-kata yang memecah konsentrasinya. "Kamu takkan pernah kuat... semua usaha sia-sia... Tuhanmu jauh..."

Rafi menutup telinga dengan kedua tangannya, berusaha menyingkirkan suara itu. Namun, semakin ia melawan, semakin kuat bisikan itu masuk ke dalam pikirannya. Kegelapan itu memanfaatkan setiap celah keraguan dan ketakutannya.

Hadi yang tengah berjalan mengelilingi pondok segera melihat perubahan pada Rafi. Wajahnya yang biasanya cerah kini tampak suram dan kosong. Dengan lembut, Hadi mendekatinya dan menepuk bahunya.

"Rafi, apa yang terjadi? Kamu terlihat berbeda malam ini."

Rafi menatap Hadi dengan mata penuh kebingungan dan ketakutan. "Pak Hadi, suara-suara itu... Aku tak bisa berhenti mendengarnya. Mereka bilang aku lemah, bahwa aku akan gagal. Aku merasa sepi dan takut."

Hadi menghela napas panjang, merasakan berat beban itu. Ia duduk di samping Rafi dan berkata, "Bisikan-bisikan itu adalah ujian, Rafi. Mereka datang untuk melemahkan iman kita, tapi kita punya senjata yang lebih kuat: doa, dzikir, dan keyakinan kepada Allah."

Malam itu, Hadi memutuskan untuk mengajak Rafi melakukan ruqyah bersama-sama. Ia memimpin dengan bacaan ayat suci dan doa perlindungan, sementara Rafi berusaha melepaskan diri dari jeratan bisikan gelap yang terus membelenggunya.

Pertarungan batin yang terjadi sangat berat. Rafi merasakan dingin yang menusuk tulang, bayangan gelap yang mencoba menelan jiwanya. Namun, suara lembut Hadi dan kekuatan doa membuatnya bertahan.

Seiring waktu, perlahan tapi pasti, suara-suara gelap itu mulai menghilang. Rafi menghembuskan napas lega, merasa seolah beban berat terangkat dari pundaknya. "Terima kasih, Pak Hadi... Aku mulai merasakan damai lagi."

Hadi tersenyum, "Ini baru permulaan, Rafi. Perjalanan kita masih panjang. Tapi dengan iman yang kuat, kita bisa melewati setiap kegelapan."

Di luar pondok, bisikan gelap itu mereda untuk sesaat, namun kegelapan yang lebih besar masih mengintai. Azazel, makhluk yang telah lama menjadi musuh utama, mulai merencanakan langkah baru. Ia tahu bahwa untuk menghancurkan Hadi dan pondok pesantren ini, ia harus menyerang dari dalam.

Bab 20: Pertarungan di Dalam Bayangan

Dingin malam menyelimuti pondok pesantren, namun di dalam hati Hadi, api perjuangan terus membara. Sejak malam penuh bisikan yang dialami Rafi, ketegangan terasa makin nyata di setiap sudut pondok. Para santri tampak lebih waspada, namun juga mulai menunjukkan tanda-tanda kelelahan, bukan hanya fisik, tapi juga batin.

Hadi tahu, pertarungan mereka belum usai. Kegelapan yang menghantui bukan hanya soal makhluk gaib yang bisa diusir dengan doa, tapi juga bayangan-bayangan yang bersembunyi di dalam diri manusia, ketakutan, keraguan, dan bisikan jahat yang meracuni jiwa.

Di ruang tengah pondok, Hadi mengumpulkan para ustadz dan santri terbaik. Suasana serius menyelimuti ruang itu. Semua mata tertuju padanya saat ia mulai berbicara.

"Kita sedang menghadapi musuh yang tidak hanya terlihat, tapi juga tersembunyi dalam hati kita sendiri," ucap Hadi dengan suara tegas. "Azazel dan pengikutnya tahu kelemahan kita. Mereka menyerang bukan hanya fisik, tapi juga mental dan spiritual."

Ustadz Firman, sahabat Hadi yang selalu setia mendampinginya, mengangguk. "Kita harus memperkuat benteng batin kita. Kita perlu metode baru dalam ruqyah, lebih mendalam, dan juga pendekatan psikologis untuk menghadapi kegelapan ini."

Setelah pertemuan itu, Hadi memutuskan untuk mengadakan pelatihan intensif selama beberapa hari. Para santri diajarkan teknik-teknik ruqyah yang lebih kompleks, serta dibimbing untuk memahami dan mengatasi trauma dan ketakutan yang mungkin menjadi pintu masuk kegelapan.

Malam harinya, suasana pondok dipenuhi dengan suara bacaan Al-Qur'an dan zikir yang terus bergema. Hadi memimpin doa panjang yang penuh dengan harapan dan kekuatan. Namun, dalam hati kecilnya, ia tahu bahwa ujian terbesar masih menunggu.

Pada malam keempat, sebuah kejadian menggetarkan pondok. Tiba-tiba listrik padam dan suasana menjadi gelap gulita. Angin kencang berhembus dari segala penjuru, membawa hawa dingin yang menusuk tulang.

Di ruang utama, suara-suara bisikan kembali terdengar, kali ini jauh lebih keras dan mengancam. Santri-santri yang sedang berdoa mulai panik. Hadi segera berdiri dan mengangkat tangannya, memerintahkan semua untuk tenang dan berkumpul di tengah ruangan.

"Jangan takut! Ingat, kita punya Allah yang Maha Kuasa!" seru Hadi, suaranya menggema mengatasi suara bisikan yang mencoba menguasai ruangan.

Di tengah kegelapan, sosok samar muncul, bayangan hitam yang berkelok-kelok seperti asap. Azazel telah datang. Matanya menyala merah, menebarkan aura ketakutan dan kebencian.

Hadi menguatkan hati dan mulai membaca ayat-ayat ruqyah dengan suara lantang dan penuh penghayatan. Azazel berusaha menebar bisikan keji, mencoba menggoda iman Hadi dan para santri.

Pertarungan batin dan spiritual itu berlangsung sengit. Azazel menggunakan segala cara untuk melemahkan mereka, mulai dari menimbulkan kenangan buruk, keraguan, hingga menyebarkan rasa putus asa.

Namun, Hadi dan para santri terus bertahan. Dengan doa, dzikir, dan keikhlasan, mereka membentuk perisai yang kuat melawan serangan kegelapan.

Di puncak pertarungan, Hadi merasakan kehadiran Allah yang begitu dekat, menguatkan setiap kata yang ia baca. Dengan tekad bulat, ia mengangkat tangan dan mengucapkan doa pengusiran yang paling kuat.

"Dengan nama Allah, Tuhan semesta alam, aku memohon perlindungan dari segala kejahatan. Pergilah, wahai makhluk kegelapan! Kembalilah ke tempat asalmu dan jangan pernah kembali mengganggu kami!"

Sosok Azazel mengerang keras, lalu perlahan-lahan menghilang ke dalam kegelapan malam. Suasana di pondok kembali tenang, dan cahaya mulai menyinari ruang utama.

Santri-santri yang tadi ketakutan kini merasa lega dan penuh semangat baru. Mereka memeluk satu sama lain, merasakan kekuatan iman yang semakin kokoh.

Bab 21: Bayangan Lama yang Kembali

Pondok pesantren kembali pada ketenangan setelah pertempuran malam itu. Namun, ketenangan itu seperti jeda sejenak sebelum badai yang lebih besar datang. Hadi duduk termenung di serambi, menatap langit pagi yang perlahan merekah dengan warna jingga. Hatinya berat, karena ia tahu bahwa kegelapan yang mereka lawan bukanlah sekadar makhluk gaib. Ada sesuatu dari masa lalu yang mulai muncul kembali, bayangan lama yang belum selesai dengan dirinya.

Beberapa hari sebelumnya, saat melakukan perjalanan untuk membantu desa lain yang terkena gangguan kerasukan, Hadi mendapat pesan misterius melalui mimpi. Di mimpinya, seorang pria tua berwajah muram muncul, memperingatkan bahwa ujian terbesar belum datang, dan bahwa masa lalu Hadi akan menjadi kunci untuk memenangkan pertarungan ini.

Hadi terbangun dengan napas tersengal, hati berdebar-debar. Ia tidak mengerti sepenuhnya pesan itu, tapi ada rasa bahwa ini bukan sekadar mimpi biasa. Ia memutuskan untuk menggali kembali ingatan masa lalunya, mencari jawaban atas bayangan yang mulai mengganggu pikirannya.

Beberapa tahun lalu, sebelum ia menjadi imam pondok, Hadi pernah terlibat dalam sebuah insiden yang hampir menghancurkan keimanannya. Sebuah peristiwa yang membuatnya mempertanyakan jalan hidupnya dan menyebabkan ia hampir menyerah pada godaan dunia dan keraguan.

Hadi mengenang masa muda ketika ia masih menjadi mahasiswa di sebuah kota besar. Di sana, ia bertemu dengan seorang wanita bernama Sarah, yang menjadi teman dekat sekaligus kekasihnya. Namun hubungan itu tidak direstui oleh keluarganya, dan lebih dari itu, Sarah memiliki masa lalu yang kelam dan kerap terlibat dalam hal-hal gelap.

Pertemuan itu menguji iman Hadi secara hebat. Ia jatuh cinta, tapi juga terseret dalam pusaran kegelapan yang Sarah bawa, pergaulan bebas, godaan duniawi, dan tekanan batin yang terus menghantui. Ia hampir kehilangan dirinya.

Namun, pada titik terendah itu, Hadi menemukan kekuatan baru melalui doa dan keteguhan hati. Ia memutuskan untuk berubah dan meninggalkan masa lalu yang kelam demi menjalani hidup yang lebih dekat dengan Allah.

Kini, bayangan Sarah muncul kembali dalam ingatannya, membawa serta segala luka dan godaan yang pernah ia hadapi. Hadi sadar, untuk memenangkan pertarungan kali ini, ia harus menghadapi masa lalunya dan menyelesaikan apa yang dulu tertunda.

Di sisi lain, para santri mulai merasakan perubahan energi di pondok. Ada aura gelap yang menyelinap perlahan, mengusik kedamaian yang baru saja mereka raih. Bisikan-bisikan lama kembali menggoda, mencoba menanamkan benih keraguan dan keputusasaan.

Salah satu santri muda, Lutfiyah, mulai menunjukkan tanda-tanda kegelisahan yang aneh. Dia yang biasanya ceria dan penuh semangat kini menjadi pendiam, sering terlihat termenung dan mudah tersinggung. Hadi mencurigai ada pengaruh jahat yang mulai menyerang jiwa Lutfiyah.

Hadi memutuskan untuk menemui Lutfiyah secara pribadi. Di sebuah ruangan kecil, ia mengajak gadis itu berbicara dari hati ke hati.

"Lutfiyah, aku melihat ada yang mengganggumu. Apa yang kau rasakan?" tanya Hadi dengan suara lembut.

Lutfiyah menunduk, air mata mulai mengalir. "Pak Hadi, aku merasa takut... aku merasa ada sesuatu yang mengikuti dan mengusikku di malam hari. Aku tidak bisa tidur, dan aku merasa sendiri."

Hadi mengangguk, "Jangan takut, Nak. Kegelapan yang kau rasakan adalah ujian. Tapi ingat, kita tidak pernah sendiri. Allah selalu bersama kita, dan aku di sini untuk membantumu."

Dengan penuh kesabaran, Hadi mulai membimbing Lutfiyah melakukan doa dan zikir khusus. Mereka berdua berusaha menyingkirkan bayangan gelap yang menghantui jiwa gadis itu.

Namun, semakin mereka berusaha, kegelapan justru tampak semakin kuat, seperti tahu bahwa Lutfiyah adalah titik lemah yang bisa mereka manfaatkan untuk merobohkan benteng iman di pondok.

Di waktu yang sama, Hadi terus mencari jawaban tentang masa lalunya yang mengusik. Ia menghubungi beberapa teman lama dan mencari informasi tentang Sarah. Apa yang ia temukan mengejutkan, Sarah kini terjebak dalam dunia yang lebih gelap dari sebelumnya, dan keberadaannya bisa menjadi ancaman bagi semua yang Hadi cintai.

Dengan beban berat di dada, Hadi menyadari bahwa pertempuran bukan hanya di dunia gaib, tapi juga nyata di dunia manusia. Ia harus menyiapkan diri menghadapi segala kemungkinan, baik dari dalam maupun luar.

Bab 22: Jejak Masa Lalu dan Ujian

Baru

HARI-HARI DI PONDOK pesantren terasa semakin berat bagi Hadi. Bayangan masa lalunya yang lama terkubur kini mulai mengusik ketenangan yang telah ia bangun dengan susah payah. Kabar tentang Sarah yang terjerat dalam dunia kelam menyebar dalam pikirannya seperti api yang menyala-nyala, membakar segala ketenangan yang tersisa.

Hadi tahu, untuk menjaga keselamatan para santri dan kelangsungan perjuangan mereka, ia harus menghadapi masa lalunya itu secara langsung. Namun, perasaan takut dan khawatir membayang di benaknya. Bagaimana jika menghadapi Sarah justru membawa malapetaka yang lebih besar?

Di pagi yang cerah, Hadi memutuskan untuk menemui Ustadz Firman, sahabat dan pembimbing spiritualnya. Mereka duduk di sebuah ruang kecil, membicarakan rencana yang akan diambil.

"Firman, aku harus menghadapi masa laluku. Sarah bukan hanya bagian dari hidupku dulu, tapi kini bisa menjadi ancaman nyata bagi pondok dan semua yang kita perjuangkan," kata Hadi dengan suara tenang tapi penuh tekad.

Firman menatap tajam, "Ini ujian besar, Hadi. Tapi kau bukan sendirian. Allah selalu menyertai mereka yang beriman. Kita akan membantu dan mendoakanmu."

Hadi kemudian mulai melakukan persiapan. Ia mencari informasi lebih dalam tentang keadaan Sarah dan tempat di mana dia berada sekarang. Berbekal doa dan keyakinan, ia berangkat ke kota besar tempat Sarah tinggal.

Sesampainya di sana, Hadi merasakan atmosfer yang berbeda. Kota besar yang dulu penuh dengan kenangan indah kini tampak suram dan penuh bahaya. Ia berjalan menyusuri lorong-lorong gelap, mencari petunjuk tentang keberadaan Sarah.

Di sebuah warung kopi kecil, Hadi bertemu dengan seorang pria yang dulu pernah mengenal Sarah. Pria itu memberikan informasi bahwa Sarah kini terlibat dengan kelompok yang berbahaya dan sulit didekati.

Hadi sadar, perjalanan ini bukan hanya soal menemukan Sarah, tapi juga mengajak dia kembali ke jalan yang benar. Namun, tantangan yang menanti jauh lebih berat dari yang ia bayangkan.

Sementara itu, di pondok pesantren, Lutfiyah semakin menunjukkan tanda-tanda kelelahan dan ketakutan. Kegelapan yang mengusiknya tak kunjung hilang, bahkan terasa makin kuat setiap hari. Para santri dan ustadz lainnya berusaha memberikan dukungan, tapi hanya Hadi yang benar-benar mengerti beratnya ujian yang dihadapi gadis itu.

Dalam suatu malam yang sunyi, Hadi melakukan komunikasi dengan Lutfiyah melalui telepon. Suara gadis itu terdengar lemah dan penuh kecemasan.

"Pak Hadi, aku takut... Aku merasa ada sesuatu yang ingin mengambil alih jiwaku," bisik Lutfiyah, suaranya bergetar.

Hadi menenangkan, "Tetap kuat, Nak. Ingat, kita bersama-sama melawan ini. Jangan pernah menyerah."

Kedua cerita, perjuangan Hadi di kota besar dan pertempuran batin Lutfiyah di pondok, berjalan paralel. Keduanya menghadapi bayangan gelap yang berusaha menghancurkan iman dan harapan.

Bab 23: Pertemuan yang Mengusik

Suasana kota besar pada sore itu penuh dengan hiruk-pikuk. Lampu jalan yang mulai menyala menerangi trotoar yang dipenuhi pejalan kaki dan kendaraan. Hadi melangkah pelan menyusuri jalanan yang asing baginya. Di benaknya, berbagai pertanyaan berputar tanpa henti. Bagaimana ia bisa menemukan Sarah? Apakah ia masih sama seperti yang dulu ia kenal? Atau apakah dunia kelam yang membungkusnya sudah mengubahnya menjadi sosok yang sama sekali berbeda?

Hati Hadi bergetar ketika ia tiba di sebuah gang sempit, tempat yang disebutkan oleh pria dari warung kopi tadi. Tempat itu tampak kumuh, penuh dengan debu dan bau yang tidak sedap. Dari balik pintu kayu yang setengah terbuka, terdengar suara musik yang keras dan tawa yang berlebihan. Suasana yang jauh dari kesan pesantren atau kedamaian.

Dengan napas tertahan, Hadi mengetuk pintu perlahan. Setelah beberapa detik yang terasa seperti keabadian, pintu terbuka sedikit dan seorang perempuan muda dengan wajah keras menatapnya. "Apa yang kau mau?" tanyanya dengan nada curiga.

"Maaf mengganggu, saya mencari Sarah," kata Hadi dengan suara lembut tapi tegas. "Aku teman lama... dan aku ingin membantunya."

Perempuan itu menatap Hadi lama, lalu menyingkir dari pintu, mempersilakan dia masuk. "Kalau kau serius, tunggu di dalam," katanya sebelum menutup pintu perlahan di belakangnya.

Hadi melangkah masuk ke dalam ruangan gelap yang penuh asap rokok dan bau alkohol. Beberapa pria dan wanita duduk di meja, mata mereka mengawasi setiap gerakan Hadi dengan curiga.

Hadi merasakan napasnya semakin berat, tapi ia berusaha menenangkan diri dengan mengingat tujuan utamanya: membantu Sarah kembali dari kegelapan.

Tak lama kemudian, seorang wanita dengan wajah yang sangat dikenalnya masuk ke ruangan. Sarah.

Wajahnya berbeda. Ada bekas luka dan garis-garis kelelahan yang terpahat jelas, namun matanya masih menyimpan sesuatu yang dulu pernah Hadi cintai. Sarah menatap Hadi dengan mata yang sulit diartikan, antara kemarahan, kebingungan, dan ketakutan.

"Hadi? Apa kau benar-benar?" suara Sarah terdengar parau.

"Ya, Sarah. Aku datang untukmu. Aku tahu kau mengalami banyak hal, dan aku di sini untuk membantumu," ujar Hadi sambil melangkah maju, mencoba meraih tangan Sarah.

Sarah menarik tangannya dan mundur, air mata mulai menetes dari matanya. "Aku sudah terjebak terlalu dalam, Hadi. Aku takut... aku tidak tahu bagaimana keluar dari sini." Mereka berbicara panjang malam itu, tentang masa lalu, kesalahan, dan harapan. Hadi mendengarkan dengan sabar dan berjanji akan membantunya, apapun risikonya. Namun, ia tahu perjalanan ini tidak akan mudah, terutama karena kegelapan yang sudah terlalu dalam merasuk.

Di saat yang sama, di pondok pesantren, Lutfiyah semakin dalam terjerat oleh rasa takut dan bisikan yang mengganggu. Malam itu, ia terbangun dengan napas tersengal, merasa ada sesuatu yang berdiri di sudut kamarnya. Hadi yang mendapat kabar segera berlari menuju kamar Lutfiyah.

"Hadi!" teriak Lutfiyah dengan suara lemah. "Tolong aku... aku tidak kuat lagi."

Hadi menenangkan dan membimbing Lutfiyah dengan doa-doa perlindungan dan ayat-ayat suci. Namun, bayangan gelap itu terus berusaha menyerang, berusaha menjatuhkan iman Lutfiyah. Pertarungan di dua tempat berbeda itu berjalan simultan, dengan Hadi berusaha menyelamatkan Sarah yang terjerumus dunia gelap dan menguatkan Lutfiyah yang hampir terhisap oleh kegelapan batin.

Bab 24: Teror Dalam Sunyi

Malam itu, gelap turun dengan keheningan yang mengerikan. Pondok pesantren yang biasanya menjadi tempat perlindungan berubah menjadi arena pertarungan batin yang semakin berat. Lampu-lampu yang berkelap-kelip membuat bayangan bergerak di dinding, seolah-olah menyembunyikan rahasia gelap yang menunggu waktu untuk keluar.

Di kamar kecil yang sederhana, Lutfiyah terbaring di atas kasur tipis, wajahnya pucat pasi dan matanya terbuka lebar menatap kosong ke langit-langit. Nafasnya tersengal-sengal, tubuhnya bergetar seperti diseret oleh sesuatu yang tidak terlihat. Tangannya memegang tasbih dengan erat, berusaha menguatkan dirinya melalui dzikir yang pernah diajarkan Hadi.

Namun, bayangan itu tak kunjung pergi. Malah semakin mendekat, seolah semakin haus akan ketakutan dan keputusasaan yang membanjiri jiwa gadis itu.

Di ruangan lain, Hadi baru saja tiba setelah menerima telepon darurat dari ustadz Firman. Wajahnya serius dan penuh tekad. Ia tahu, inilah ujian yang paling berat sejak pondok itu berdiri.

Dengan langkah mantap, Hadi masuk ke kamar Lutfiyah. Matanya langsung menangkap keadaan gadis itu yang hampir terpuruk dalam kegelapan. Tanpa membuang waktu, ia duduk di samping Lutfiyah, mengusap lembut rambutnya yang basah oleh keringat dingin.

"Lutfiyah, dengarkan aku. Kau tidak sendirian. Allah selalu bersamamu, dan aku juga di sini. Kita akan melawan ini bersama," kata Hadi dengan suara penuh kasih sayang dan keyakinan.

Lutfiyah mengangkat kepalanya perlahan, air mata mengalir di pipinya. "Pak Hadi... aku takut. Aku merasa ada sesuatu yang ingin mengambil alih diriku, sesuatu yang gelap dan kuat."

Hadi menarik napas dalam-dalam. Ia mengeluarkan Al-Qur'an kecil dari dalam tasnya dan membuka halaman yang biasa digunakan untuk ruqyah. Dengan suara lantang dan penuh penghayatan, ia mulai membaca ayat-ayat yang penuh berkah.

Suasana di dalam kamar berubah drastis. Udara yang tadinya berat dan dingin mulai terasa hangat dan penuh cahaya. Namun, bayangan itu belum juga menyerah. Bisikan-bisikan semakin keras, mencoba merusak konsentrasi Hadi dan Lutfiyah.

Hadi menutup matanya sejenak, memusatkan kekuatan iman dan doanya. "Ya Allah, perkuatlah hamba-Mu ini. Jauhkan segala keburukan dari jiwa dan raga kami."

Pertempuran batin itu berlangsung berjam-jam. Lutfiyah yang sebelumnya terjebak dalam ketakutan perlahan mulai menunjukkan tanda-tanda kebangkitan. Nafasnya yang tersengal mulai teratur, dan matanya yang kosong kini kembali berkilau dengan secercah harapan.

Setelah memastikan Lutfiyah mulai tenang, Hadi mengajaknya berdiskusi untuk memahami akar dari rasa takut dan gangguan yang dialami. Ia tahu, mengusir kegelapan fisik tanpa menyembuhkan luka batin sama saja dengan melawan angin.

Lutfiyah bercerita tentang masa kecilnya yang penuh tekanan dan rasa kesepian. Tentang orang tua yang terlalu sibuk dan tak pernah benar-benar hadir dalam hidupnya. Tentang ketakutan yang tumbuh menjadi bayangan gelap dalam jiwanya.

Hadi mendengarkan dengan seksama, menimpali dengan nasehat dan penguatan. Ia mengajarkan Lutfiyah untuk melepaskan beban lama, menggantinya dengan kepercayaan diri dan keyakinan pada Allah yang Maha Penyayang.

Sementara itu, jauh di kota besar, Hadi juga menghadapi ujian yang sama beratnya. Pertemuan dengan Sarah membuka luka lama yang belum sembuh. Sarah yang terjebak dalam dunia kelam ternyata mulai mempertanyakan pilihannya.

Sarah berjuang antara keinginan untuk berubah dan rasa takut kehilangan apa yang sudah ia jalani selama ini. Hadi mencoba menguatkan Sarah dengan kasih sayang dan janji bahwa ia tidak akan meninggalkannya dalam kesendirian.

Namun, kegelapan yang mengikat Sarah lebih kuat dari yang Hadi bayangkan. Ada kekuatan jahat yang bekerja di balik layar, berusaha mencegah perubahan dan memperkuat ikatan gelap itu.

Pertarungan di dua tempat berbeda itu semakin menguat. Di pondok, Hadi berjuang menyembuhkan luka batin Lutfiyah dan menjaga semangat para santri. Di kota besar, ia berusaha membebaskan Sarah dari jeratan dunia gelap yang membelenggunya.

Bab 25: Titik Balik dan Harapan Baru

Matahari hampir tenggelam di balik gedung-gedung kota besar, menyisakan rona jingga yang membara di langit. Hadi berdiri di balkon sebuah apartemen tua, memandang jauh ke keramaian di bawahnya. Hatinya bergejolak, antara harapan dan kecemasan. Sarah sudah beberapa hari menghilang setelah pertemuan mereka yang penuh air mata dan janji.

Hadi tahu, dia tak bisa terus-terusan menunggu tanpa tindakan. Dunia yang membelit Sarah jauh lebih rumit dan berbahaya daripada yang ia duga. Ada kekuatan gelap yang tidak hanya mengekang Sarah, tapi juga mencoba mengalahkan iman Hadi sendiri.

Sementara itu, di pondok pesantren, suasana juga tidak kalah gentingnya. Lutfiyah perlahan mulai pulih, tapi bayangan gelap belum sepenuhnya pergi. Beberapa santri lain juga mulai merasakan tekanan batin yang sama, tanda bahwa musuh tidak hanya menyerang satu titik, tapi mencoba meruntuhkan seluruh benteng iman.

Hadi kembali ke pondok dengan perasaan campur aduk. Ia menyadari bahwa tugasnya semakin berat, bukan hanya sebagai pelindung dan pembimbing spiritual, tapi juga sebagai pejuang yang harus menghadapi kegelapan dalam berbagai wujud.

Sesampainya di pondok, Hadi langsung mengadakan pertemuan dengan para ustadz dan santri senior. Mereka membicarakan strategi untuk memperkuat pondok dari segala serangan, baik fisik maupun spiritual.

"Ini bukan hanya tentang melawan makhluk gaib," ujar Hadi dengan suara tegas. "Kita harus memperkuat hati dan jiwa kita.

Perkuat iman, perkuat ukhuwah. Karena kegelapan akan datang dari segala arah."

Salah satu ustadz senior, Pak Harun, menambahkan, "Kita juga harus belajar mengenali tanda-tanda gangguan spiritual sejak dini. Jangan sampai ada yang terjatuh karena ketidaktahuan."

Diskusi berlangsung lama, dan semua sepakat bahwa pembinaan mental dan spiritual harus menjadi prioritas utama. Hadi pun mulai menyusun program intensif, termasuk kajian dzikir, tahlil, dan pengajian rutin yang lebih mendalam.

Di sisi lain, Hadi terus menghubungi teman-teman lama dan jaringan yang bisa membantunya menemukan Sarah. Ia berusaha menjalin komunikasi dengan orang-orang di dunia bawah yang selama ini menjadi bagian dari lingkaran Sarah.

Hari-hari penuh ketegangan itu membuat Hadi semakin kuat dan matang. Ia belajar untuk tidak menyerah meskipun menghadapi kegelapan yang begitu pekat dan sulit dihadapi.

Dalam suatu malam, Hadi menerima kabar dari seorang informan bahwa Sarah terlihat di sebuah tempat yang sangat terpencil, sebuah rumah tua di pinggiran kota. Hadi segera bergegas menuju lokasi, dipenuhi doa dan harapan.

Sesampainya di sana, rumah itu tampak sunyi dan menyeramkan. Namun, Hadi tidak gentar. Ia mengetuk pintu dengan tenang, berharap menemukan Sarah yang masih bisa diselamatkan.

Pintu terbuka perlahan, dan sosok Sarah muncul di ambang pintu, wajahnya terlihat letih tapi ada cahaya harapan yang baru di matanya.

"Hadi..." suaranya bergetar, "Aku siap berubah. Aku ingin keluar dari kegelapan ini."

Hadi tersenyum dan mengulurkan tangan, "Kita akan jalani ini bersama, Sarah. Allah Maha Pengampun dan Maha Penyayang."

Kembali di pondok, Lutfiyah yang mulai pulih juga menunjukkan perubahan positif. Ia mulai aktif kembali dalam kegiatan pondok, bersemangat menjalani ibadah dan belajar.

Perjuangan yang panjang dan berat belum berakhir, tapi kini ada secercah harapan yang mulai menyala. Hadi dan para santri tahu, selama mereka tetap teguh beriman dan saling mendukung, kegelapan tidak akan pernah bisa mengalahkan cahaya.

Bab 26: Pertarungan Terakhir

Senja mulai merunduk, langit berubah menjadi warna merah darah, seolah mengisyaratkan akan datangnya malam yang penuh ujian. Di dalam pondok pesantren, suasana berbeda dari biasanya. Udara terasa berat, penuh ketegangan yang hampir bisa dirasakan oleh setiap santri yang hadir di masjid utama. Doa-doa terlantun, namun di balik itu, ada kecemasan yang tersimpan di hati.

Hadi duduk di antara para santri, menutup mata sejenak, menenangkan jiwa dan menguatkan iman. Ia tahu, malam ini akan menjadi titik penentuan. Pertarungan spiritual yang sudah lama berlarut harus segera diakhiri. Entah bagaimana hasilnya, ia harus siap menerima apa pun yang terjadi.

Di kota besar, Sarah juga sedang bersiap menghadapi ujian terbesarnya. Setelah melewati perjalanan panjang, ia mulai memahami arti pengorbanan dan kekuatan iman. Namun, bayangan gelap yang selama ini membelenggunya tidak akan mudah melepaskan cengkeramannya.

Kembali ke pondok, Hadi mengumpulkan para ustadz dan santri yang paling kuat imannya. Mereka membentuk lingkaran doa, membaca Al-Qur'an dengan penuh penghayatan, memohon perlindungan dan kemenangan atas kegelapan.

"Ini bukan sekadar pertempuran antara kita dan makhluk gaib," ujar Hadi dengan suara yang berat dan penuh makna. "Ini adalah pertempuran antara cahaya dan kegelapan, antara iman dan nafsu. Kita harus kuat, kita harus bersatu."

Salah satu ustadz menambahkan, "Jangan pernah ragu akan pertolongan Allah. Kita sudah berusaha, sekarang saatnya bertawakkal dan berdoa dengan sepenuh hati."

Sementara itu, Sarah berdiri di depan sebuah cermin tua di kamar gelapnya. Matanya memancarkan keteguhan, meski tubuhnya masih gemetar. Ia mengambil sebuah tasbih dan mulai melantunkan dzikir dengan suara lirih.

"Ya Allah, berikan aku kekuatan. Jangan biarkan aku tenggelam dalam kegelapan ini," bisiknya.

Tiba-tiba, bayangan hitam yang selama ini menghantui Sarah muncul di belakangnya. Dengan suara serak yang mengerikan, bayangan itu berkata, "Kau sudah terlalu jauh, Sarah. Tidak ada jalan kembali."

Namun, Sarah tidak mundur. Ia membalikkan badan dan menatap bayangan itu dengan tegas. "Aku punya Allah dan iman yang lebih kuat dari segala kegelapan."

Pertempuran batin itu menjadi semakin sengit. Bayangan itu mencoba merasuk ke dalam pikiran dan tubuh Sarah, namun dzikir dan doa yang dilantunkannya menjadi benteng yang tak tertembus.

Di pondok pesantren, Hadi dan para ustadz melanjutkan doa dan ruqyah dengan penuh kesungguhan. Suara mereka bersatu, memenuhi ruang dengan getaran iman yang luar biasa kuat.

Malam itu, energi spiritual mencapai puncaknya. Cahaya dari Al-Qur'an dan doa-doa yang terlantun seolah menjadi perisai yang melindungi mereka dari serangan kegelapan.

Saat fajar mulai menyingsing, suasana berubah. Kegelapan yang selama ini membayangi mulai memudar, tergantikan oleh cahaya yang lebih terang dan damai.

Sarah berhasil mengalahkan bayangan hitam dalam dirinya, dan di pondok, Lutfiyah dan para santri merasakan kedamaian yang baru.

Pertarungan terakhir ini mengajarkan bahwa iman, pengorbanan, dan doa adalah senjata paling ampuh melawan kegelapan.

Bab 27: Cahaya Setelah Gelap

LANGIT PAGI DI DESA kecil itu berpendar dengan warna keemasan yang lembut, seolah memberi harapan baru setelah malam yang penuh pergulatan. Suasana di pondok pesantren mulai tenang, namun setiap jiwa masih menyimpan jejak kelelahan yang dalam. Hadi duduk di serambi masjid, menatap jauh ke arah bukit yang terbentang di depan pondok, menyadari bahwa perjalanan panjang yang penuh ujian belum benar-benar usai.

Di dalam masjid, Lutfiyah berdiri di depan para santri, memimpin bacaan Al-Qur'an dengan suara yang lebih mantap dari sebelumnya. Senyum kecilnya yang dulu sulit ditemui kini mulai menghiasi wajahnya, membawa kehangatan bagi mereka yang mendengarnya. Keberhasilan kecil ini memberi energi baru bagi seluruh penghuni pondok.

Namun, di balik kedamaian pagi itu, ada sesuatu yang mulai bergejolak. Hadi merasakan getaran aneh yang menusuk kalbunya. Ia tahu, meskipun bayangan gelap sudah terhalau, tidak semua kegelapan lenyap begitu saja. Ada luka yang belum sembuh, dan musuh yang belum sepenuhnya menyerah.

Pikiran Hadi melayang kembali ke Sarah. Ia tahu, wanita itu kini berada dalam fase krusial, antara kemurnian iman dan godaan dunia yang penuh tipu daya. Hadi harus segera menemui Sarah lagi, sebelum kegelapan mengambil alih dirinya.

Hadi mengatur perjalanan ke kota besar dengan hati-hati. Di dalam bus yang melaju melewati jalan raya berliku, ia merenung tentang arti perjuangan dan kesabaran. Banyak pelajaran yang sudah ia petik, bahwa iman bukan hanya soal kekuatan luar, tapi juga keteguhan hati menghadapi badai kehidupan.

Sesampainya di kota, Hadi langsung menuju tempat yang terakhir ia dengar Sarah berada, sebuah tempat penginapan kecil di pinggir kota yang terkenal dengan kerusakan moral dan bahaya laten. Jalanan sempit dan gelap menyambutnya, dengan bayang-bayang malam yang menyelinap di setiap sudut.

Hadi berjalan dengan penuh kewaspadaan, tetapi juga dengan keyakinan yang menguat. Ia tahu, tugasnya bukan hanya menyelamatkan Sarah, tapi juga melindungi dirinya sendiri dari godaan dan jebakan dunia yang selama ini membelenggunya.

Sesampainya di penginapan, ia disambut oleh wajah yang tidak asing. Seorang pria paruh baya, berwajah kasar, dengan mata yang tajam dan waspada.

"Apa urusanmu di sini?" tanya pria itu dengan nada curiga.

Hadi menjawab dengan tenang, "Aku mencari Sarah. Aku ingin membantunya keluar dari kegelapan."

Pria itu menatap lama, kemudian menganggguk pelan. "Kalau memang niatmu tulus, kau bisa menemuinya di kamar belakang. Tapi hati-hati, banyak yang sudah gagal."

Hadi melangkah masuk ke lorong sempit yang gelap, dengan suara-suara samar dari dalam kamar yang bercampur antara tawa dan ratapan. Di ujung lorong, pintu kecil terbuka perlahan, dan di dalamnya terlihat sosok Sarah yang duduk termenung, wajahnya memancarkan kepedihan dan kerinduan.

Melihat Hadi, Sarah tersenyum lemah dan mengulurkan tangan. "Aku butuh pertolonganmu, Hadi."

Mereka duduk bersama, berbicara dari hati ke hati tentang pengharapan, ketakutan, dan mimpi yang pernah mereka miliki. Hadi mendengarkan dengan seksama, memberikan kekuatan dan doa, berusaha menyalakan kembali cahaya yang mulai redup dalam diri Sarah.

Namun, tantangan belum berakhir. Kegelapan yang mengintai lebih lihai daripada yang pernah mereka bayangkan, berusaha mengacaukan kedamaian yang mulai tumbuh. Suara-suara bisikan dan bayangan yang terus membayang menjadi ujian berikutnya bagi keduanya.

Di pondok, para santri juga menghadapi cobaan baru. Beberapa dari mereka mulai merasakan kegelisahan yang tak bisa dijelaskan, tanda-tanda bahwa pertempuran spiritual belum selesai. Hadi harus segera kembali untuk membantu mereka dan memastikan pondok tetap menjadi benteng iman yang kokoh.

Bab 28: Ujian Iman yang Mematahkan dan Menguatkan

Malam itu menyelimuti kota dengan kabut yang menebal, mengurangi jarak pandang dan menambah rasa sunyi yang mencekam. Di kamar penginapan yang suram, Sarah duduk termenung di sudut ruangan, jemarinya menggenggam tasbih yang mulai aus. Matanya merah dan sembab, tanda dari malam-malam tanpa tidur yang dilaluinya, berjuang melawan bisikan gelap yang terus memburu.

Hadi duduk di hadapannya, menatap wajah Sarah dengan penuh empati dan kesungguhan. "Sarah, kau tidak sendiri. Aku di sini untukmu. Kita akan melewati ini bersama, dengan kekuatan iman dan doa," katanya lirih.

Sarah mengangguk pelan, namun bayangan ketakutan masih membayang di matanya. "Tapi, Hadi... kadang aku merasa kalah. Suara-suara itu terlalu kuat, dan aku takut kehilangan diriku."

Hadi menarik napas dalam-dalam, merangkul tangan Sarah dengan lembut. "Ketika kau merasa lemah, ingatlah Allah selalu di sisimu. Kita tidak berperang sendirian."

Di luar penginapan, malam semakin gelap, angin dingin menerpa jendela yang terbuka sedikit. Bayangan-bayangan bergerak tak kasat mata, mengintai dan mencoba mengusik kedamaian yang rapuh.

Sementara itu, di pondok pesantren, suasana juga mencekam. Lutfiyah dan para santri yang lain mulai merasakan tekanan spiritual yang tak bisa diabaikan. Suara-suara aneh, bayangan gelap, dan hawa dingin datang bergiliran, menimbulkan rasa takut dan kegelisahan.

Hadi, yang baru saja kembali dari kota, segera mengadakan pengajian khusus dengan para santri. Ia menekankan pentingnya keteguhan hati dan kekuatan dzikir sebagai benteng paling ampuh melawan kegelapan.

"Jangan pernah menyerah. Setiap ujian adalah bagian dari proses mendekatkan diri pada Allah," katanya dengan suara yang penuh semangat.

Namun, tidak semua santri mampu menahan tekanan itu. Beberapa mulai terpuruk, menangis dalam kesendirian, bahkan ada yang merasakan hadirnya entitas yang mencoba menguasai jiwa mereka.

Hadi pun membagi kelompok-kelompok kecil untuk melakukan ruqyah bersama, membacakan ayat-ayat suci dan dzikir secara bergiliran, memperkuat energi positif di sekitar pondok.

Di malam yang penuh ketegangan itu, Hadi merasakan sesuatu yang berbeda. Ia tahu, musuh mereka semakin licik dan kuat. Tidak cukup hanya doa dan dzikir, tapi juga harus ada keberanian dan pengorbanan.

Keesokan paginya, Hadi mengajak Lutfiyah dan beberapa santri terpilih untuk melakukan perjalanan spiritual ke sebuah tempat yang dianggap keramat di pegunungan dekat pondok. Tempat itu dipercaya memiliki energi suci yang dapat memperkuat jiwa dan menetralkan energi negatif.

Perjalanan itu penuh tantangan. Medan terjal dan cuaca yang berubah-ubah membuat tubuh mereka lelah, namun semangat untuk menghadapi ujian semakin membara. Di sana, Hadi memimpin doa dan dzikir panjang, memohon perlindungan dan kekuatan.

Saat itu, tiba-tiba angin kencang bertiup, membawa hawa dingin yang menusuk tulang. Bayangan gelap muncul dari balik pepohonan, berusaha menyerang mereka. Namun, dengan kekuatan doa dan keimanan, Hadi dan santri berhasil menahan serangan itu.

Pertarungan itu bukan hanya fisik, tapi juga spiritual. Setiap doa yang terucap menjadi tameng, setiap dzikir menjadi pedang untuk melawan kegelapan. Lutfiyah yang awalnya takut, kini menunjukkan keberanian luar biasa, menginspirasi santri lain.

Setelah pertempuran itu, mereka kembali ke pondok dengan hati yang lebih kuat dan jiwa yang lebih tenang. Namun, Hadi tahu, ujian sesungguhnya masih menunggu. Baik di dalam diri Sarah maupun di pondok, kegelapan masih mengintai.

Bab 29: Gelombang Kegelapan dan Cahaya Iman

Hujan deras mengguyur kota saat Hadi kembali ke pondok. Rintik-rintik air menampar dedaunan dan atap genteng, menciptakan irama alam yang seolah mengiringi pergulatan batinnya. Pikiran Hadi berkecamuk, campuran antara kelegaan karena berhasil membawa Sarah sedikit lebih dekat pada cahaya, dan kekhawatiran yang belum sirna.

Sepanjang perjalanan, ia terus memikirkan bayangan-bayangan gelap yang semakin sering muncul, tidak hanya di dunia nyata, tapi juga dalam mimpi dan doanya. Kegelapan itu terasa semakin agresif, menantang iman dan keberanian mereka semua.

Sesampainya di pondok, ia disambut oleh wajah-wajah santri yang masih penuh rasa waspada dan kelelahan. Beberapa dari mereka memeluk Hadi erat, seolah mencari kekuatan dari sosok yang selama ini menjadi pelindung mereka.

Lutfiyah, yang kini lebih cerah wajahnya, menghampiri Hadi dengan mata berbinar. "Pak Hadi, kami merasakan sesuatu yang berbeda. Ada kedamaian, tapi juga ancaman yang lebih besar."

Hadi mengangguk pelan. "Ya, itu benar. Musuh kita belum menyerah. Mereka mengincar kelemahan kita, bukan hanya tubuh tapi juga jiwa."

Malam itu, di ruang utama pondok, Hadi memimpin sebuah pengajian khusus. Semua santri dan ustadz berkumpul, membaca ayat-ayat suci dengan suara serempak yang menggetarkan jiwa. Setiap huruf yang terucap menjadi pelita kecil yang mengusir kegelapan.

Dalam suasana penuh harap itu, tiba-tiba angin dingin berhembus masuk dari jendela terbuka. Lampu-lampu bergoyang dan bayangan-bayangan menari di dinding. Suasana berubah menjadi tegang.

Salah satu santri berbisik, "Ada yang datang..."

Hadi mengangkat tangannya, memerintahkan semua tetap tenang dan melanjutkan doa. Namun, bayangan gelap itu semakin nyata, membentuk sosok mengerikan yang melayang di tengah ruangan.

"Dari mana kau datang?" suara Hadi bergema penuh wibawa. "Apa maksudmu mengganggu ketenangan kami?"

Bayangan itu tertawa, suara yang menusuk hati. "Kami datang dari kegelapan yang tak terhingga. Kami adalah ujian, cobaan yang harus kalian hadapi. Siapa yang kuat akan selamat."

Pertarungan spiritual pun dimulai. Hadi dan para santri bersatu dalam doa dan dzikir, membentuk benteng tak terlihat yang menolak setiap serangan kegelapan. Suara ayat-ayat suci memecah kesunyian malam, menggema sampai ke langit.

Sarah, yang saat itu sedang di kota, merasakan getaran yang sama. Ia berlutut, memohon pertolongan kepada Allah dengan air mata yang membasahi tanah.

Kegelapan mencoba menggoyahkan iman mereka, menanamkan rasa takut, putus asa, dan kebencian. Namun, justru dari sana, kekuatan mereka tumbuh. Mereka belajar bahwa cahaya iman tidak hanya terpancar dari kemenangan, tapi juga dari perjuangan dan kesabaran.

Setelah berjam-jam berperang dalam keheningan yang intens, bayangan itu akhirnya memudar, lenyap tertelan cahaya dzikir dan doa. Suara-suara samar pun berhenti.

Semua orang di dalam ruangan menghela napas lega, tubuh gemetar tapi jiwa lebih kuat dari sebelumnya.

Hadi memandang ke arah para santri dengan penuh kebanggaan. "Kalian semua telah melewati ujian yang berat. Tapi ingat, ini baru permulaan. Kita harus terus bersiap dan menjaga iman."

Di luar pondok, hujan berhenti dan bintang mulai bermunculan satu per satu. Seolah alam pun ikut merayakan kemenangan kecil itu.

Bab 30: Hening di Tengah Badai

Hening menyelimuti pondok pesantren saat fajar mulai menyingsing. Cahaya lembut matahari pagi mengintip dari balik pepohonan, menerangi dedaunan basah yang masih menggigil diterpa embun. Namun, di dalam hati Hadi, ketenangan pagi itu belum benar-benar hadir. Ada badai yang terus berputar di benaknya, badai yang tidak bisa diusir dengan sekadar doa dan dzikir.

Beberapa hari setelah pertempuran spiritual hebat yang mengguncang malam di pondok, semua tampak kembali normal. Para santri kembali ke rutinitas mereka, membaca Al-Qur'an, belajar, dan berdoa. Namun, bagi Hadi, itu semua seperti tirai tipis yang menutupi jurang ketidakpastian di dalam dirinya.

Ia duduk di serambi masjid, memegang kitab kecil di tangan, tapi pandangannya kosong menatap jalan setapak yang berliku menuju hutan. Pikirannya melayang pada Sarah, pada bayangan-bayangan gelap yang masih mengintai, dan pada suara-suara sunyi yang menggema dalam doanya.

Lutfiyah datang menghampiri, membawa segelas air hangat. "Pak Hadi, kau harus makan dan beristirahat. Tubuh dan jiwa kita sama-sama butuh kekuatan."

Hadi tersenyum tipis, menerima gelas itu. "Terima kasih, Lutfiyah. Tapi aku merasa ada sesuatu yang belum selesai. Seperti ada bagian dari perang ini yang belum kita pahami sepenuhnya."

Lutfiyah duduk di sebelahnya, menatap jauh ke langit pagi. "Aku juga merasakan hal itu. Semalam, aku bermimpi tentang api dan air, tentang kegelapan yang bisa berubah menjadi cahaya. Mungkin itu pertanda."

Pembicaraan itu membawa mereka pada refleksi mendalam. Hadi merasa beban sebagai pemimpin spiritual semakin berat, sementara Lutfiyah mulai menemukan kekuatan baru dalam keyakinannya. Mereka sadar bahwa pertempuran ini bukan hanya melawan makhluk gaib, tapi juga melawan keraguan dan ketakutan dalam diri sendiri.

Di saat yang sama, di kota besar, Sarah merasakan perubahan dalam dirinya. Setelah malam penuh pergulatan, ia mulai menyadari bahwa kekuatan sejati tidak hanya datang dari luar, tapi dari dalam hati yang tunduk pada Allah.

Suatu malam, saat hujan turun pelan, Sarah berdoa di kamar kecilnya. "Ya Allah, berikan aku petunjuk dan kekuatan untuk melewati semua ini. Jangan biarkan aku terjatuh ke dalam kegelapan."

Tiba-tiba, sebuah cahaya lembut muncul di sudut kamar. Bukan cahaya biasa, tapi cahaya yang membawa ketenangan dan kehangatan. Sarah merasakan damai yang belum pernah ia rasakan sebelumnya. Air matanya mengalir, membasahi wajah, membasuh segala luka batin.

Keesokan harinya, Sarah menghubungi Hadi. Suara di telepon terdengar lebih tenang dan mantap. "Pak Hadi, aku ingin kembali ke pondok. Aku ingin bertemu dan belajar lebih banyak, memperkuat iman."

Hadi tersenyum lega. "Kami menunggumu, Sarah. Di sini kau tidak sendiri."

Perjalanan Sarah kembali ke pondok menjadi simbol harapan baru. Ia membawa bekal keteguhan yang diperoleh dari ujian-ujian berat. Namun, tantangan masih menanti.

Sesampainya di pondok, Sarah disambut hangat oleh Lutfiyah dan para santri. Mereka merasakan aura positif yang mengelilinginya, seolah cahaya iman yang dulu redup kini menyala kembali.

Malam itu, di ruang doa, Hadi mengumpulkan semua untuk melakukan ruqyah besar-besaran. Dengan suara lantang dan penuh penghayatan, mereka membaca ayat-ayat Al-Qur'an, memohon perlindungan dan kemenangan atas kegelapan.

Di tengah doa, Hadi merasakan kehadiran yang sangat kuat. Energi positif dan negatif saling beradu dengan hebat, menciptakan getaran yang bisa dirasakan hingga ke tulang.

Suara-suara gaib mencoba menggoyahkan konsentrasi, namun kekuatan doa dan dzikir semakin menguat. Sarah, Lutfiyah, dan para santri lainnya bersatu dalam satu suara, menjadi satu energi yang tak terpecahkan.

Pertarungan itu berlangsung lama, hingga fajar menyingsing kembali. Saat cahaya pagi menerobos jendela, bayangan gelap yang selama ini mengancam perlahan memudar.

Setelah semuanya selesai, Hadi berdiri di hadapan mereka, suara penuh rasa syukur. "Kita telah melewati badai yang besar, tapi perjalanan ini belum selesai. Kita harus terus menjaga iman dan selalu waspada."

Bab 31: Terowongan Gelap dan Cahaya Pengharapan

Malam itu, angin berhembus pelan, menyusup ke sela-sela daun yang bergemerisik. Di dalam pondok, Hadi duduk bersila di ruang utama, berzikir dengan khusyuk. Meski kelelahan menggerogoti tubuhnya, hatinya tetap tegar, seperti benteng yang tak tergoyahkan oleh gelombang kegelapan yang terus menghampiri.

Pikirannya melayang pada Sarah, yang kini mulai pulih dan memperlihatkan perubahan signifikan. Namun, Hadi tahu betul, jalan mereka masih panjang dan berliku, seperti terowongan gelap yang harus ditembus untuk mencapai cahaya pengharapan.

Lutfiyah masuk membawa secangkir teh hangat. "Pak Hadi, kau harus makan. Tubuh juga butuh diperhatikan."

Hadi tersenyum lelah. "Terima kasih, Lutfiyah. Tapi malam ini aku harus berdoa lebih lama. Aku merasakan ada sesuatu yang mendekat."

Di luar, suara alam berganti, mengganti gemerisik dedaunan dengan suara jangkrik yang bersahutan. Namun di balik keheningan itu, ada ketegangan yang tersembunyi. Bayangan gelap yang selama ini membayang terus berusaha menyusup ke dalam jiwa setiap penghuni pondok.

Sarah duduk di kamarnya, memandangi Al-Qur'an di pangkuannya. Jari-jarinya mengusap lembut halaman kitab suci itu, seolah mencari kekuatan dari setiap ayat yang tertulis. Air matanya mengalir tanpa henti, mencuci segala ketakutan dan kepedihan.

"Ya Allah, bimbinglah aku. Jangan biarkan aku terjatuh lagi."

Keesokan harinya, Hadi mengajak para santri untuk melakukan dzikir bersama di halaman pondok. Suara mereka yang bergema membawa ketenangan sekaligus energi yang menggetarkan. Namun, tiba-tiba, langit berubah mendung, awan gelap menggelayut seolah menandakan badai yang akan datang.

Lutfiyah memandang ke langit dengan mata khawatir. "Badai ini bukan hanya di luar, tapi juga di dalam."

Hadi mengangguk. "Kita harus bersiap menghadapi gelombang baru."

Di saat itulah, suara jeritan kecil terdengar dari dalam pondok. Semua segera berlari menuju asal suara, menemukan seorang santri muda yang ketakutan, matanya membelalak menatap sesuatu yang tak terlihat oleh yang lain.

"Ada apa?" tanya Hadi lembut.

Santri itu tergagap, "Ada sesuatu... sesuatu yang gelap... di sudut ruangan."

Hadi segera mengambil posisi, memimpin doa dan ruqyah. Satu per satu, mereka membaca ayat-ayat suci, menyalurkan energi positif untuk mengusir bayangan gelap itu.

Namun, kegelapan itu semakin kuat, membuat suasana menjadi mencekam. Beberapa santri mulai gemetar, merasakan tekanan yang begitu hebat hingga hampir kehilangan kesadaran.

Sarah, yang ikut dalam ruqyah, berdiri dengan tegap. Suaranya lantang, penuh keyakinan. "Kami tidak takut! Dengan Allah, kami pasti menang!"

Semangat Sarah mengobarkan kembali api perjuangan di hati semua yang hadir. Suara mereka semakin kuat, dzikir mereka menjadi gelombang yang menghantam kegelapan.

Perlahan-lahan, bayangan itu terpecah dan menghilang, meninggalkan keheningan yang damai.

Setelah kejadian itu, Hadi mengumpulkan semua untuk refleksi. "Perjuangan kita bukan hanya melawan makhluk gaib, tapi juga melawan ketakutan dan keraguan dalam diri. Kunci kemenangan adalah iman yang tak tergoyahkan."

Bab 32: Malam Penentuan dan Bisikan Kegelapan

Malam itu gelap dan sunyi. Hanya suara angin yang bergemuruh di antara pepohonan di sekitar pondok, membawa dingin yang menusuk ke tulang. Hadi berdiri di halaman depan, menatap langit yang tak berbulan, seakan menantang kegelapan yang merayap masuk.

Ia merasakan ada sesuatu yang berbeda, sesuatu yang lebih pekat daripada malam-malam sebelumnya. Suara bisikan samar terdengar di telinganya, membawa rasa takut dan keraguan yang sulit untuk diabaikan.

Di dalam kamar Sarah, ia terbangun dari mimpi buruk yang membuatnya berkeringat dingin. Bayangan hitam yang menakutkan itu kembali muncul, namun kali ini lebih nyata dan mengancam.

Sarah menutup matanya erat, berusaha mengusir ketakutan dengan berzikir dalam hati. "La ilaha illallah, Muhammadur Rasulullah," ulangnya perlahan.

Suara bisikan makin membesar, mencoba meruntuhkan keyakinannya. Namun, dengan tekad kuat, Sarah bangkit dari tempat tidur, mengambil Al-Qur'an dan mulai membaca dengan suara keras.

Sementara itu, Hadi mengumpulkan para santri dan beberapa orang tua dari desa sekitar untuk mengadakan pengajian dan doa bersama yang khusyuk. Ia tahu malam ini adalah malam penentuan, ujian akhir bagi mereka semua.

Lampu-lampu minyak berkelip lembut di ruang utama, menciptakan suasana hening yang sakral. Semua orang berkumpul, tangan terangkat memohon perlindungan dan kekuatan.

Ketika doa dan dzikir mengalun, bayangan gelap mulai meresapi ruang itu, berusaha menggoyahkan konsentrasi mereka. Suara tawa menyeramkan terdengar, membuat beberapa santri gemetar ketakutan.

Hadi menenangkan mereka. "Ingat, kita punya Allah. Jangan biarkan mereka menang dengan menebar ketakutan."

Pertempuran spiritual pun dimulai. Doa dan dzikir menjadi senjata, cahaya iman menjadi pelindung. Setiap ayat yang diucapkan adalah tameng kuat yang memukul mundur kegelapan.

Sarah yang kini semakin kuat ikut memimpin dzikir, suaranya penuh keyakinan dan pengharapan. Ia menjadi simbol kekuatan bagi semua yang hadir.

Jam demi jam berlalu, gelombang kegelapan terus menyerang, namun kekuatan iman semakin membara. Suara-suara bisikan itu berangsur hilang, tergantikan oleh gema ayat-ayat suci yang menggema di seluruh ruangan.

Ketika fajar menyingsing, kegelapan terakhir pun lenyap. Semua yang hadir terdiam, merasakan damai yang luar biasa.

Hadi mengangkat tangan, memimpin doa syukur. "Alhamdulillah, malam ini kita menang. Namun, jangan lengah. Perang ini belum usai."

Bab 33: Jejak Luka dan Harapan Baru

Hadi duduk termenung di teras pondok, menatap langit senja yang perlahan berubah warna. Di kejauhan, suara anak-anak bermain terdengar samar, seakan membawa kehidupan yang terus berjalan meski badai masih mengintai. Namun, di dalam dirinya, luka batin masih terasa dalam, seperti bekas goresan yang tak terlihat tapi menganga lebar.

Setelah malam penentuan yang melelahkan, tubuh dan jiwa Hadi menuntut ketenangan, tapi pikirannya terus dihantui oleh bayangan masa lalu. Ia teringat pada masa kecilnya, ketika pertama kali merasakan kerasnya kehidupan dan tantangan yang membentuknya menjadi pribadi yang kuat.

Lutfiyah datang membawa segelas teh hangat. "Pak Hadi, kau tampak letih. Kau harus merawat dirimu sendiri agar bisa terus memimpin kami."

Hadi tersenyum samar, menerima teh itu. "Terima kasih, Lutfiyah. Aku hanya takut suatu saat nanti kekuatan ini akan habis."

Lutfiyah duduk di sebelahnya, menatap mata Hadi penuh pengertian. "Iman kita bukan hanya untuk kita sendiri, tapi untuk mereka yang percaya pada kita. Kekuatan kita datang dari Allah, bukan dari diri kita sendiri."

Di kamar kecilnya, Sarah menulis jurnal tentang perjalanan iman dan perjuangannya melawan kegelapan. Ia ingin suatu hari nanti, orang lain bisa membaca dan mengambil pelajaran dari kisahnya.

"Setiap luka membawa pelajaran," tulisnya. "Dan setiap pelajaran membawa harapan baru."

Namun, di balik harapan itu, ancaman baru mulai muncul. Kegelapan yang selama ini mereka lawan ternyata bukan satu-satunya musuh. Ada kekuatan lain, lebih licik dan tersembunyi, yang siap menyerang dari balik bayang-bayang.

Suatu malam, Hadi bermimpi tentang sebuah pintu gelap yang tertutup rapat. Di balik pintu itu terdengar suara-suara bisikan penuh ancaman.

Ketika ia mencoba membuka pintu itu, tangannya terasa berat dan tubuhnya seolah tertahan oleh rantai tak terlihat.

Keesokan harinya, Hadi memanggil Sarah dan Lutfiyah. "Kita harus waspada. Musuh kita semakin dekat dan licik."

Mereka bertiga mulai merancang strategi baru, memperkuat pondasi iman dan memperdalam ilmu ruqyah serta doa. Setiap malam mereka berlatih, memperkuat diri secara fisik dan spiritual.

Pertemuan dengan para tetua desa juga dilakukan, untuk membangun solidaritas dan memperluas jaringan perlindungan. Hadi tahu, dalam perang melawan kegelapan, kekuatan komunitas adalah kunci utama.

Bab 34: Bayangan Baru dan Gelombang Perlawanan

Senja mulai merangkak turun, memburamkan langit di atas pondok pesantren yang kini terasa lebih sunyi dari biasanya. Udara dingin menusuk, mengingatkan bahwa malam kian dekat, dan malam bagi mereka bukan hanya waktu untuk beristirahat, melainkan juga saat gelombang kegelapan sering datang menghantui.

Hadi berdiri di dekat jendela, matanya menatap kosong ke arah halaman yang mulai diselimuti bayang-bayang. Dalam hati ia tahu, sesuatu yang baru telah datang. Kegelapan yang mereka kira sudah terkalahkan, kini mengintip dari balik celah-celah, menunggu kesempatan untuk menyerang.

Di ruang utama, Sarah dan Lutfiyah sibuk menyiapkan alat-alat ruqyah dan kitab suci. Mereka berdiskusi dengan serius, membahas cara memperkuat perlindungan pondok. Namun, kekhawatiran di wajah mereka sulit disembunyikan.

"Pak Hadi," ujar Sarah dengan suara pelan, "Aku merasakan ada yang berbeda. Suara-suara malam ini bukan sekadar bisikan biasa. Mereka lebih kuat dan licik."

Hadi menganggguk pelan, "Aku juga merasakannya. Kita harus lebih waspada. Tidak boleh lengah walau sekecil apapun tanda bahaya."

Malam itu, pertemuan khusus diadakan. Semua santri dan warga desa diundang untuk berkumpul dan berdoa bersama. Hadi memimpin doa panjang yang penuh harapan dan permohonan perlindungan.

Suara lantunan ayat suci bergema, menyelimuti ruangan dengan aura suci dan tenang. Namun di balik itu, ada gelombang tekanan halus yang mencoba meruntuhkan semangat mereka.

Tiba-tiba, cahaya lilin bergetar hebat, membuat bayangan di dinding menari-nari dengan bentuk yang menyeramkan. Beberapa orang mulai merasakan hawa dingin yang menjalar ke seluruh tubuh.

Lutfiyah menengadah, matanya setengah terpejam. "Ini serangan energi negatif. Mereka mencoba mengganggu konsentrasi kita."

Hadi mengangkat tangan, "Kita harus kuat! Bersatu dalam doa dan dzikir. Jangan biarkan kegelapan menang!"

Dzikir semakin keras, gema suara-suara mereka membentuk benteng tak terlihat yang menghalangi kegelapan masuk lebih jauh. Namun kegelapan itu tak menyerah. Ia mengirimkan ilusi dan bisikan yang membisikkan ketakutan terdalam, mencoba merobek kepercayaan mereka.

Sarah mendadak terduduk lemas, napasnya terengah-engah. "Aku... aku merasakan sesuatu yang sangat buruk... seperti ada yang mencoba masuk ke dalam pikiranku."

Hadi segera mendekat, menaruh tangan di pundaknya. "Tahan, Sarah. Ingat, Allah bersama kita. Jangan biarkan mereka menguasai pikiranmu."

Waktu terasa berjalan lambat. Pertarungan batin dan spiritual berlangsung sengit, namun kekuatan iman mereka mulai menunjukkan hasil. Bisikan kegelapan satu per satu terhenti, dan suasana mulai kembali tenang.

Saat fajar mulai menyingsing, Hadi memimpin doa syukur. "Alhamdulillah, malam ini kita kembali menang. Tapi kita harus terus waspada."

PENJAGA TERSEMBUNYI

Keesokan harinya, suasana pondok terasa berbeda. Ada semangat baru yang membara di antara para santri. Sarah, meski masih terguncang, menunjukkan keteguhan baru.

Lutfiyah berkata, "Malam ini kita telah belajar bahwa kegelapan tidak hanya datang dari luar, tapi juga dari dalam diri kita sendiri. Kuncinya adalah menjaga hati dan iman."

Hadi mengangguk setuju. "Perjuangan kita belum selesai. Tapi dengan iman, kita pasti bisa melewati semua ini."

Bab 35: Ujian Terberat dan Cahaya Di Tengah Kegelapan

Udara pagi masih terasa dingin saat Hadi membuka jendela kamarnya. Sinar matahari mulai merayap masuk, menembus tirai tipis yang berayun pelan. Namun, di balik cahaya yang hangat itu, ada bayang-bayang kelam yang masih menyelimuti pikirannya.

Selama beberapa hari terakhir, gelombang kegelapan semakin intens menyerang pondok dan para penghuninya. Bisikan-bisikan jahat tak pernah benar-benar pergi. Mereka datang seperti arus deras, mencoba menenggelamkan iman dan keteguhan hati.

Hadi tahu, hari ini adalah ujian terberat yang harus mereka hadapi. Ia merasakan getaran aneh di udara, sebuah peringatan bahwa sesuatu yang jauh lebih berbahaya sedang mengintai.

Di ruang utama, para santri dan warga desa mulai berkumpul. Wajah mereka menunjukkan campuran antara ketakutan dan tekad. Mereka tahu malam ini akan menentukan nasib pondok dan jiwa-jiwa yang mereka sayangi.

Lutfiyah berjalan menghampiri Hadi dengan tatapan serius. “Pak Hadi, aku mendapat kabar dari tetua desa. Ada rumor bahwa makhluk yang lebih kuat sedang mendekat, mungkin entitas yang belum pernah kita hadapi.”

Hadi menganggguk pelan, “Kita harus bersiap. Ini bukan sekadar perang biasa.”

Sarah, meski tampak lelah, berdiri tegak di samping mereka. “Aku siap. Aku percaya pada Allah dan pada kita semua.”

Malam pun tiba, dan suasana menjadi semakin tegang. Doa dan dzikir berkumandang, mengisi setiap sudut ruang dengan getaran spiritual yang kuat. Namun, kegelapan tidak hanya datang sebagai suara atau bayangan; malam ini, ia hadir dalam bentuk yang lebih nyata dan mengancam.

Tiba-tiba, sebuah suara gemuruh mengguncang pondok, membuat lilin-lilin berkedip dan beberapa santri terjatuh ketakutan. Hadi segera mengambil posisi memimpin doa.

Bayangan hitam besar muncul di sudut ruangan, bergerak dengan cepat dan penuh dendam. Makhluk itu memancarkan hawa dingin yang menusuk dan suara tawa jahat yang membuat darah membeku.

Pertempuran spiritual yang paling berat pun dimulai. Hadi, Sarah, dan Lutfiyah bersatu memimpin doa dan ruqyah dengan semangat membara. Suara mereka menjadi senjata untuk melawan kegelapan yang mengancam.

Suasana menjadi kacau. Santri-santri berusaha tetap fokus, tapi rasa takut dan putus asa mulai merayap masuk. Namun, di tengah kekacauan itu, Hadi menguatkan mereka. "Ingat, kita bukan sendiri. Allah selalu bersama kita!"

Sarah, dengan suara yang bergetar tapi penuh tekad, melantunkan ayat-ayat Al-Qur'an. Setiap kata-kata suci yang keluar dari mulutnya seperti cahaya yang menembus gelap.

Setelah berjam-jam berjuang, makhluk itu akhirnya mundur, tetapi bukan tanpa meninggalkan bekas luka. Beberapa santri mengalami kelelahan parah dan luka-luka batin yang dalam.

Hadi menarik napas panjang, menatap wajah-wajah yang kelelahan tapi masih penuh harapan. "Kita menang malam ini, tapi perang ini belum selesai. Kita harus lebih kuat dan bersatu."

Bab 36: Luka yang Tak Terlihat dan Janji yang Terpatri

Pagi itu, udara dingin masih menyelimuti pondok pesantren. Hadi duduk termenung di bangku kayu di halaman depan, memandang jauh ke arah pegunungan yang diselimuti kabut tipis. Wajahnya memancarkan kelelahan, bukan hanya dari fisik, tapi dari pergulatan batin yang tak kunjung usai.

Beberapa santri yang baru bangun berlalu-lalang, saling berbisik tentang malam yang baru saja mereka lalui, malam yang penuh ketegangan dan ujian. Meski mereka berhasil mengusir bayangan gelap yang mengancam, bekas luka di hati tak mudah sembuh.

Lutfiyah datang membawa secangkir teh hangat. "Pak Hadi, kau harus makan dan beristirahat. Tubuh dan jiwa sama-sama perlu diperhatikan."

Hadi tersenyum tipis. "Terima kasih, Lutfiyah. Tapi aku masih merasa ada sesuatu yang belum selesai."

Sarah muncul dari arah kamar kecil, wajahnya tampak lebih tegar meski garis kelelahan terlihat jelas. "Aku juga merasakan hal yang sama. Seperti ada luka yang tak terlihat, tapi selalu mengganggu."

Hadi menganggguk. "Itulah ujian kita. Bukan hanya melawan makhluk gaib, tapi juga melawan rasa takut, putus asa, dan kekecewaan dalam diri sendiri."

Seiring berjalannya hari, suasana pondok mulai bergairah kembali. Para santri berlatih ruqyah dan doa, mempersiapkan diri menghadapi kemungkinan gelombang serangan berikutnya.

Namun, di balik latihan itu, ada ketegangan yang tersisa, seolah mereka tahu pertarungan yang sesungguhnya baru akan dimulai.

Di sebuah ruangan kecil, Hadi, Sarah, dan Lutfiyah berkumpul membahas langkah selanjutnya. "Kita harus mencari tahu asal usul kekuatan yang mengganggu ini," kata Hadi.

Sarah mengangguk. "Kita butuh informasi lebih banyak tentang makhluk ini dan cara menghadapinya."

Lutfiyah membuka kitab kuno yang selama ini menjadi panduan mereka. "Ada cerita tentang entitas yang mampu menyusup ke dalam jiwa manusia, mempermainkan pikiran dan perasaan, membuat mereka kehilangan kendali."

Tiba-tiba, pintu diketuk pelan. Seorang lelaki tua dengan jubah lusuh masuk membawa kabar dari desa tetangga. "Ada seorang ulama yang ingin bertemu Pak Hadi. Ia punya ilmu dan pengalaman yang mungkin bisa membantu."

Hadi menyambutnya dengan penuh rasa hormat. "Kami sangat membutuhkan bantuan dan bimbingan."

Malam harinya, ulama itu tiba. Wajahnya teduh namun penuh wibawa, seolah membawa kedamaian di tengah badai yang melanda. Ia duduk bersama Hadi, Sarah, dan Lutfiyah, mulai menjelaskan ilmu dan cara menghadapi kegelapan yang tak hanya bersifat fisik tapi juga spiritual.

Dengan bimbingan ulama tersebut, mereka mulai mempersiapkan ritual dan doa yang lebih mendalam, menguatkan pondok dan jiwa setiap orang yang tinggal di dalamnya. Harapan baru mulai tumbuh, namun mereka tahu perjalanan masih panjang dan penuh tantangan.

Bab 37: Titik Balik dan Cahaya Penuntun

Malam itu terasa berat bagi pondok pesantren yang terletak di pinggiran desa. Angin malam membawa dingin yang menusuk ke tulang, seolah turut merasakan beban yang sedang dihadapi oleh para penghuni pondok. Hadi duduk di beranda, menatap langit gelap yang bertabur bintang, berusaha mencari ketenangan di tengah badai yang terus mengancam.

Suara-suara bisikan yang selama ini menghantui mulai mereda, namun bayangan gelap masih menyelimuti pikiran dan hati. Setiap langkah yang diambil terasa berat, seolah membawa beban dunia. Namun Hadi tahu, dia tidak boleh menyerah.

Di dalam pondok, Sarah dan Lutfiyah sibuk menyiapkan alat-alat dan kitab suci untuk ritual malam itu. Mereka mengerti bahwa malam ini adalah titik balik, momen yang akan menentukan masa depan mereka semua. Harapan dan ketakutan bercampur menjadi satu, membentuk gelombang emosi yang sulit diungkapkan dengan kata-kata.

Tiba-tiba pintu pondok diketuk pelan. Seorang lelaki tua yang baru datang, ulama yang membawa ilmu dan harapan, masuk membawa sebuah kotak kayu tua yang penuh dengan kitab dan benda-benda suci.

Ulama itu duduk dengan tenang, memandang para penghuni pondok satu per satu. "Ini adalah malam yang berat, tapi juga malam yang penuh rahmat. Kegelapan tidak akan pernah menang atas cahaya selama kita tetap teguh dalam iman."

Hadi mengangguk, "Kami siap untuk melanjutkan perjuangan, apapun yang harus kami hadapi."

Ritual malam itu dimulai dengan doa-doa yang dipimpin oleh ulama. Suara ayat-ayat suci menggema memenuhi ruangan, mengisi setiap sudut dengan energi positif yang kuat. Lilin-lilin menyala dengan cahaya hangat, menyingkirkan bayangan yang selama ini menakutkan.

Namun, tak lama kemudian, suara gemuruh kembali terdengar dari luar pondok. Kegelapan mencoba menyerang dengan kekuatan yang lebih besar, lebih ganas daripada sebelumnya.

Hadi, Sarah, Lutfiyah, dan ulama itu bersatu, memimpin doa dan ruqyah dengan semangat yang tak tergoyahkan. Mereka tahu, malam ini bukan sekadar pertempuran biasa, melainkan pertarungan antara iman dan kejahatan yang paling dahsyat.

Suasana menjadi kacau, bayangan hitam berkelebat di sekitar pondok, mencoba masuk dan menyebar kehancuran. Namun doa dan dzikir mereka menjadi benteng kuat, menghalangi kegelapan semakin masuk.

Dalam pertarungan itu, Hadi merasakan sesuatu yang berbeda dalam dirinya. Sebuah kekuatan baru yang lahir dari kedalaman iman dan pengalamannya selama ini. Ia merasa lebih dekat dengan Allah, lebih kuat dalam menghadapi kegelapan.

Saat fajar mulai menyingsing, kegelapan akhirnya mundur. Pondok kembali tenang, meski tubuh dan jiwa mereka masih lelah. Namun ada sesuatu yang berubah; ada cahaya baru yang menyala dalam hati mereka.

Ulama itu tersenyum, "Ini baru awal. Perjuangan kalian belum selesai, tapi kalian telah melewati titik balik yang penting. Teruslah berpegang pada iman dan ilmu."

Bab 37: Titik Balik dan Cahaya Penuntun

Malam itu terasa berat bagi pondok pesantren yang terletak di pinggiran desa. Angin malam membawa dingin yang menusuk ke tulang, seolah turut merasakan beban yang sedang dihadapi oleh para penghuni pondok. Hadi duduk di beranda, menatap langit gelap yang bertabur bintang, berusaha mencari ketenangan di tengah badai yang terus mengancam.

Suara-suara bisikan yang selama ini menghantui mulai mereda, namun bayangan gelap masih menyelimuti pikiran dan hati. Setiap langkah yang diambil terasa berat, seolah membawa beban dunia. Namun Hadi tahu, dia tidak boleh menyerah.

Di dalam pondok, Sarah dan Lutfiyah sibuk menyiapkan alat-alat dan kitab suci untuk ritual malam itu. Mereka mengerti bahwa malam ini adalah titik balik, momen yang akan menentukan masa depan mereka semua. Harapan dan ketakutan bercampur menjadi satu, membentuk gelombang emosi yang sulit diungkapkan dengan kata-kata.

Tiba-tiba pintu pondok diketuk pelan. Seorang lelaki tua yang baru datang, ulama yang membawa ilmu dan harapan, masuk membawa sebuah kotak kayu tua yang penuh dengan kitab dan benda-benda suci.

Ulama itu duduk dengan tenang, memandang para penghuni pondok satu per satu. "Ini adalah malam yang berat, tapi juga malam yang penuh rahmat. Kegelapan tidak akan pernah menang atas cahaya selama kita tetap teguh dalam iman."

Hadi mengangguk, "Kami siap untuk melanjutkan perjuangan, apapun yang harus kami hadapi."

Ritual malam itu dimulai dengan doa-doa yang dipimpin oleh ulama. Suara ayat-ayat suci menggema memenuhi ruangan, mengisi setiap sudut dengan energi positif yang kuat. Lilin-lilin menyala dengan cahaya hangat, menyingkirkan bayangan yang selama ini menakutkan.

Namun, tak lama kemudian, suara gemuruh kembali terdengar dari luar pondok. Kegelapan mencoba menyerang dengan kekuatan yang lebih besar, lebih ganas daripada sebelumnya.

Hadi, Sarah, Lutfiyah, dan ulama itu bersatu, memimpin doa dan ruqyah dengan semangat yang tak tergoyahkan. Mereka tahu, malam ini bukan sekadar pertempuran biasa, melainkan pertarungan antara iman dan kejahatan yang paling dahsyat.

Suasana menjadi kacau, bayangan hitam berkelebat di sekitar pondok, mencoba masuk dan menyebar kehancuran. Namun doa dan dzikir mereka menjadi benteng kuat, menghalangi kegelapan semakin masuk.

Dalam pertarungan itu, Hadi merasakan sesuatu yang berbeda dalam dirinya. Sebuah kekuatan baru yang lahir dari kedalaman iman dan pengalamannya selama ini. Ia merasa lebih dekat dengan Allah, lebih kuat dalam menghadapi kegelapan.

Saat fajar mulai menyingsing, kegelapan akhirnya mundur. Pondok kembali tenang, meski tubuh dan jiwa mereka masih lelah. Namun ada sesuatu yang berubah; ada cahaya baru yang menyala dalam hati mereka.

Ulama itu tersenyum, "Ini baru awal. Perjuangan kalian belum selesai, tapi kalian telah melewati titik balik yang penting. Teruslah berpegang pada iman dan ilmu."

Bab 39: Perang Batin dan Cahaya yang Terus Bersinar

Udara pagi yang dingin menyapa pondok pesantren dengan lembut. Namun, di balik keheningan itu, ada kegelisahan yang menggelayut di benak Hadi. Matanya memandang jauh ke kejauhan, melewati pepohonan rindang yang tampak tenang, seolah tak tahu apa yang sedang berkecamuk dalam jiwa para penghuni pondok.

Malam tadi adalah salah satu malam yang paling berat yang pernah mereka lalui. Sarah hampir saja menyerah pada bisikan jahat yang mencoba merasuki pikirannya, dan Hadi tahu bahwa ini hanya permulaan dari ujian yang lebih besar.

Dia mengumpulkan keberanian dan melangkah ke ruang utama di mana para santri sudah mulai berkumpul. Wajah-wajah mereka memancarkan berbagai macam emosi: kelelahan, ketakutan, tapi juga tekad yang tidak mudah padam.

"Teman-teman," Hadi membuka pembicaraan dengan suara yang tenang namun penuh wibawa. "Kita semua tahu malam kemarin sangat berat. Tapi kita tidak boleh membiarkan kegelapan menang. Kita harus terus berjuang, tidak hanya dengan doa, tetapi juga dengan menjaga hati kita tetap bersih."

Seorang santri muda, Amir, mengangkat tangan dengan ragu-ragu. "Pak Hadi, bagaimana kita bisa melawan bisikan-bisikan itu? Kadang aku merasa sangat lemah dan ingin menyerah."

Hadi tersenyum lembut. "Amir, itu adalah ujian. Setiap kali kita merasa lemah, itulah saat kita harus menguatkan iman kita.

Ingatlah, Allah tidak akan memberikan ujian di luar kemampuan kita."

Sarah, yang duduk di samping Hadi, menambahkan, "Kita harus saling mendukung. Jangan biarkan diri kita terisolasi oleh rasa takut. Kita adalah satu keluarga, dan bersama kita lebih kuat."

Hari itu mereka mengadakan sesi latihan doa dan dzikir yang lebih intens. Setiap langkah, setiap kata yang diucapkan, dipenuhi dengan ketulusan dan harapan. Namun, di balik usaha itu, Hadi terus merasa ada sesuatu yang belum mereka ketahui, sebuah rahasia kelam yang tersembunyi di balik serangan-serangan kegelapan.

Saat malam menjelang, Lutfiyah menemukan sebuah kitab tua yang berisi catatan mengenai entitas yang mereka hadapi. "Ini dia," katanya sambil membuka halaman yang usang, "Makhluk ini bukan hanya sekadar roh jahat. Ia memiliki kemampuan untuk masuk ke dalam pikiran dan mengacaukan jiwa manusia."

Hadi membaca dengan seksama. "Kita harus memperkuat perlindungan spiritual kita, terutama menjaga hati dan pikiran tetap bersih dari rasa dendam, kebencian, dan putus asa. Semua itu adalah pintu masuk bagi kegelapan."

Sarah menatap Hadi dengan penuh keyakinan. "Kita harus terus berpegang pada cahaya, meski kadang terasa seperti melawan angin badai."

Malam itu, pondok menjadi medan pertempuran batin yang lebih hebat dari sebelumnya. Bisikan-bisikan jahat semakin menggema, mencoba menjatuhkan setiap orang dengan ketakutan dan keraguan.

Hadi memimpin doa dengan suara lantang dan penuh semangat. "Ya Allah, berikan kami kekuatan untuk melewati ujian ini. Lindungi kami dari segala tipu daya musuh-Mu."

Saat doa berlangsung, sebuah bayangan hitam muncul di ujung ruangan. Ia bergerak cepat, mencoba merasuki salah satu santri muda yang paling rapuh imannya. Namun, dengan sigap, Sarah dan Lutfiyah melantunkan ayat-ayat suci, membentuk benteng cahaya yang menahan kegelapan.

Pertarungan itu bukan hanya fisik, tapi juga spiritual dan mental. Setiap kata doa menjadi tameng, setiap ketulusan hati menjadi pelindung yang tak terlihat.

Setelah pertempuran yang melelahkan, kegelapan mundur perlahan, meninggalkan bekas luka yang tak terlihat pada jiwa mereka. Namun, mereka tahu ini bukan akhir, melainkan awal dari perjuangan yang lebih berat.

Hadi berdiri di depan para santri, wajahnya tegas namun penuh harap. "Kita telah melewati satu ujian besar. Tapi ingat, cahaya yang kita bawa harus terus kita jaga agar tak padam."

Bab 40: Di Ambang Kegelapan

Dingin malam menyelimuti pondok pesantren, namun hati semua penghuni terasa panas, penuh kecemasan dan harapan sekaligus. Setelah kejadian-kejadian yang semakin menegangkan, mereka tahu malam ini akan menjadi penentu.

Hadi berdiri di halaman utama, tatapannya menembus gelap malam. Dalam sunyi itu, ia mengingat semua ujian yang sudah mereka lalui—setiap rintangan yang membuatnya hampir menyerah, setiap godaan yang mencoba melemahkan imannya.

"Tuhan, jangan biarkan aku dan mereka terjatuh dalam bayangan ini," bisik Hadi lirih, memejamkan mata dan menenangkan diri.

Suasana pondok terasa berbeda malam itu. Angin yang biasanya membawa kesejukan kini terdengar seperti bisikan-bisikan halus, mengundang rasa takut dan keraguan.

Sarah yang baru saja keluar dari ruang doa mendekati Hadi. "Pak Hadi, aku merasa sesuatu yang berat di udara malam ini. Seperti ada sesuatu yang mengintai kita, lebih kuat dari sebelumnya."

Hadi mengangguk pelan. "Kita sudah bersiap sebaik mungkin. Namun, aku juga merasakan hal yang sama. Ini mungkin saatnya kita benar-benar menghadapi inti dari kegelapan ini."

Lutfiyah, yang mengatur persiapan bahan-bahan untuk ritual malam itu, bergabung. "Kita harus tetap kuat, menjaga hati dan pikiran kita. Aku sudah menyiapkan ayat-ayat pelindung dari kitab kuno ini."

Hadi tersenyum tipis, merasa didukung oleh kedua wanita yang selama ini menjadi pilar kekuatannya.

Mereka berkumpul di ruang utama, melingkar di sekitar lilin yang nyalanya bergoyang kecil, membentuk cahaya hangat di tengah gelap.

Ulama tua yang sudah bersama mereka sejak beberapa hari terakhir, membuka pembicaraan. "Ini bukan sekadar pertarungan fisik, tetapi pertarungan jiwa. Kegelapan itu mencari celah di hati yang goyah, di pikiran yang ragu. Maka, kita harus menjaga keduanya dengan doa, ketulusan, dan tawakkal."

Suasana menjadi hening sejenak, semua menunduk, membiarkan doa dan ketenangan mengisi ruangan.

Tiba-tiba, terdengar suara dentingan logam dari luar, diiringi gemerisik daun yang bergesekan. Semuanya terdiam, memandang ke arah pintu yang tertutup rapat.

Hadi bangkit berdiri, suara dalam dirinya berteriak untuk bersiap. "Ini dia. Bersiaplah, jangan pernah lengah."

Sarah dan Lutfiyah mulai melantunkan ayat-ayat ruqyah, suara mereka bergema, berirama penuh kekuatan.

Bayangan hitam mulai menyelinap di tepi jendela, membentuk sosok yang tak jelas, tapi mengandung ancaman.

Pertarungan malam itu bukan hanya soal melawan makhluk gaib, tapi juga menaklukkan rasa takut yang menyergap jiwa mereka.

Bayangan hitam itu semakin nyata. Suara bisikan yang memekakkan telinga mulai memenuhi ruangan, memutar di antara doa dan dzikir yang mereka lantunkan. Hadi menggenggam tangan Sarah dan Lutfiyah erat-erat, menguatkan diri dan mereka semua.

"Jangan takut," bisik Hadi pelan, "kita punya cahaya yang lebih kuat dari kegelapan ini."

Namun, bayangan itu tidak hanya menyerang secara fisik. Ia menyerang pikiran, menanam benih keraguan dan ketakutan.

Sarah merasakan dadanya sesak, suara-suara negatif berputar-putar dalam pikirannya, mencoba membuatnya menyerah.

"Tidak... Aku kuat... Aku kuat..." ia mengulang dalam hati, menahan air mata yang hampir jatuh.

Lutfiyah, dengan suara penuh ketegasan, membaca ayat-ayat pelindung yang lebih keras dan lantang, suaranya menggema seperti perisai yang menghalau gelombang gelap.

Di tengah pertempuran itu, Hadi merasakan sesuatu yang aneh, sebuah bisikan halus dalam hatinya yang bukan berasal dari kegelapan maupun dirinya sendiri.

"Percayalah pada Allah," suara itu terdengar jelas dalam diamnya. "Jangan biarkan hatimu goyah."

Hadi menutup mata dan menarik napas dalam-dalam, mencoba menyambungkan diri dengan kekuatan yang lebih tinggi. Dalam sunyi itu, ia merasa damai yang luar biasa, sebuah kekuatan yang memberinya ketenangan di tengah badai.

Suasana di ruang doa berubah drastis. Lilin yang tadinya berkedip-kedip mulai menyala dengan terang, memancarkan cahaya hangat yang menjalar ke seluruh ruangan. Bayangan hitam itu mundur sedikit, seolah tersengat oleh cahaya tersebut.

Namun, kegelapan itu tidak menyerah. Ia berusaha menyerang sekali lagi dengan serangan yang lebih kejam, menciptakan ilusi ketakutan dan keputusasaan di benak semua yang hadir.

Sarah menjerit pelan, tapi Hadi menggenggam bahunya dan berkata dengan tegas, "Tahan, Sarah. Ingat, Allah selalu bersama kita."

Dengan suara yang bergetar tapi penuh keyakinan, Sarah kembali membaca doa-doa pelindung, dan bersama-sama mereka melanjutkan dzikir. Perlahan, suasana mencekam itu berubah menjadi hening dan damai.

Setelah beberapa jam bertarung, malam itu akhirnya mereda. Kegelapan menghilang, meninggalkan keheningan yang penuh makna.

Mereka duduk terdiam, lelah tapi puas. Hadi menatap wajah mereka satu per satu dan berkata, “Ini bukan akhir, tapi kita sudah membuktikan satu hal: iman kita lebih kuat dari apapun.”

Ulama tua tersenyum dan menambahkan, “Tuhan selalu memberi ujian, tapi juga kekuatan untuk melewatinya. Jangan pernah lupa itu.”

Bab 41: Titik Balik di Tengah Kegelapan

FAJAR MULAI MENYINGSING, menyingkapkan cahaya pertama di ufuk timur. Namun, di dalam hati Hadi, suasana belum terang sepenuhnya. Rasa lelah dan luka batin masih menggelayut, meski pertarungan malam sebelumnya sudah berakhir.

Ia duduk di teras pondok, memandang ke arah langit yang perlahan berubah dari gelap ke jingga, lalu biru muda. Angin pagi berhembus lembut, membawa aroma tanah basah dan dedaunan. Sebuah ketenangan sejenak yang kontras dengan gelombang ujian yang terus datang.

Hadi teringat kata-kata ulama tua tadi malam. "Setiap ujian adalah pelajaran dan pintu menuju kekuatan yang lebih besar." Ia tahu, kata-kata itu bukan sekadar nasihat, tapi kunci agar bisa bertahan di masa-masa sulit.

Di dalam ruang utama, Sarah dan Lutfiyah sedang merapikan kitab-kitab dan alat-alat doa. Mata mereka masih menunjukkan bekas kelelahan, namun ada semangat yang tak padam.

"Pak Hadi," ujar Sarah pelan ketika masuk ke teras, "apa kita benar-benar sudah mengalahkan kegelapan itu?"

Hadi tersenyum tipis, "Aku tidak tahu, Sarah. Tapi kita sudah mengusirnya untuk sementara. Kegelapan ini tidak akan menyerah begitu saja."

Lutfiyah menambahkan, "Kita harus terus belajar, memperkuat ilmu dan iman kita. Ini bukan hanya soal pertempuran malam itu, tapi tentang bagaimana kita hidup sehari-hari, menjaga hati tetap suci dan pikiran tetap bersih."

Mereka bertiga duduk bersama, membahas strategi ke depan. Hadi menyadari bahwa ini bukan hanya perjuangan fisik, tapi perang batin yang jauh lebih berat. Musuh terbesar mereka bukan hanya makhluk gaib, tapi juga rasa takut, putus asa, dan keraguan dalam diri mereka sendiri.

Sore hari, Hadi berjalan ke hutan kecil di belakang pondok, tempat ia sering menyendiri untuk merenung. Ia duduk di bawah pohon besar, menutup mata, dan mengulang doa-doa yang selama ini menjadi kekuatannya.

Tiba-tiba, ia merasakan kehadiran sesuatu yang berbeda. Sebuah getaran halus di udara, yang membuat bulu kuduknya berdiri. Ia membuka mata, menatap lekat ke arah bayangan di balik pepohonan.

Hadi menegakkan badan, matanya menelusuri lekuk-lekuk gelap di antara pepohonan. Meski samar, ia tahu ada sesuatu yang mengawasinya. Hatinya berdetak lebih cepat, tapi ia mengingat pesan ulama: ketakutan adalah pintu masuk kegelapan.

Ia berusaha tenang, menata napas, dan mulai melantunkan doa perlindungan dengan suara pelan. Suara itu mengalun di antara angin malam, membentuk benteng tak terlihat yang menjaga dirinya.

Bayangan itu bergerak mendekat, menampakkan sosok samar yang melayang tanpa suara. Hadi tak mundur. Ia meraih tasbih yang selalu disimpannya dan menggenggam erat. "Dengan nama Allah, aku berlindung kepada-Mu dari segala kejahatan," ucapnya penuh keyakinan.

Bayangan itu berhenti beberapa langkah dari Hadi, seperti menunggu tantangan. Lalu, dengan suara yang serak dan penuh kebencian, ia berbisik, "Kau pikir imanmu cukup kuat untuk melawanku? Aku telah merobek banyak hati dan jiwa sebelum kau datang."

Hadi menguatkan diri. "Aku tidak akan takut pada bayanganmu. Karena Allah yang aku sembah lebih kuat dari kegelapan apa pun."

Ia mulai membaca ayat-ayat Al-Qur'an dengan lantang, suaranya tegas dan penuh keyakinan. Cahaya lembut mulai memancar dari tasbih di tangannya, menerangi sekitar, mengusir kegelapan yang mengancam.

Bayangan itu berteriak marah dan menghilang, meninggalkan aroma busuk dan hawa dingin yang perlahan menghilang. Hadi tersenyum, merasa sebuah kemenangan kecil, tapi penting.

Saat kembali ke pondok, Hadi bertemu dengan Sarah dan Lutfiyah. Mereka terlihat cemas tapi lega melihatnya pulang dengan selamat.

Sarah bertanya, "Apa kau baik-baik saja, Pak Hadi?"

Hadi mengangguk. "Lebih dari baik. Aku mendapat tanda bahwa kita tidak sendirian. Allah selalu bersama kita."

Lutfiyah menatap Hadi penuh haru, "Kau adalah cahaya kami, Hadi. Jangan pernah lupakan itu."

Malam itu, mereka berkumpul untuk doa bersama, menguatkan satu sama lain. Hati mereka semakin teguh, siap menghadapi apa pun yang akan datang.

Namun, di sudut gelap, sebuah sosok diam-diam mengamati, merencanakan langkah selanjutnya. Perang ini belum selesai.

Bab 42: Bayang-bayang Masa Lalu dan Janji Baru

MATAHARI BARU SAJA menampakkan diri di balik bukit ketika Hadi melangkah keluar dari pondok. Udara pagi yang segar menyejukkan tubuh yang lelah, tetapi pikirannya masih bergolak oleh peristiwa-peristiwa yang terjadi belakangan ini. Ia tahu betul bahwa kemenangan mereka atas kegelapan hanya sementara; ancaman yang lebih besar menunggu di depan.

Namun, hari itu juga membawa kenangan lama yang tidak mudah ia lupakan, kenangan yang selama ini disembunyikannya rapat-rapat di lubuk hati terdalam. Sebuah luka lama yang kini mulai terbuka kembali, memperingatkan bahwa perjuangan ini bukan hanya melawan kegelapan di luar, tapi juga bayang-bayang masa lalu yang menghantui jiwanya.

Hadi berjalan menuju sebuah pohon besar di pinggir hutan, tempat ia sering bersemedi ketika masih muda. Di bawah rindangnya daun-daun itu, ia duduk dan menatap kosong ke langit biru. Ia teringat kembali pada masa kecilnya, ketika hidupnya penuh dengan keraguan dan ketakutan yang mendalam. Masa ketika ia kehilangan ayahnya dalam sebuah tragedi yang tak terungkap.

"Apakah aku akan mampu melindungi mereka semua?" gumamnya dalam hati.

Saat ia tenggelam dalam pikirannya, suara lembut namun tegas dari belakang membuatnya terkejut.

"Hadi."

Ia menoleh dan melihat wajah Sarah yang penuh perhatian. "Aku ikut mengkhawatirkanmu. Kau selalu menyembunyikan bebanmu sendiri."

Hadi tersenyum tipis, "Aku harus kuat, Sarah. Kalau aku goyah, siapa yang akan memimpin kita?"

Sarah duduk di sampingnya, "Tidak ada salahnya berbagi beban. Kita semua di sini bersamamu, bukan hanya sebagai teman, tapi juga sebagai keluarga."

Mereka berbicara lama tentang ketakutan, harapan, dan janji untuk terus berjuang. Hadi merasa beban di pundaknya sedikit terangkat, namun ia tahu jalan ke depan masih panjang dan penuh risiko.

Tiba-tiba, suara langkah kaki yang cepat terdengar dari arah pondok. Mereka bangkit dan bergegas kembali. Di sana, Lutfiyah sudah menunggu dengan wajah pucat dan cemas.

"Kalian harus melihat ini," katanya sambil mengulurkan sebuah lembaran kertas usang. "Ini catatan baru yang aku temukan di perpustakaan lama pondok. Ada sesuatu yang penting di dalamnya."

Hadi mengambil kertas itu dan membacanya dengan seksama. Isi catatan itu mengisahkan legenda tentang makhluk gelap yang mampu menguasai pikiran manusia dengan memanfaatkan trauma dan ketakutan terdalam mereka.

"Kita harus segera bertindak," tegas Hadi. "Ini bukan hanya tentang melawan makhluk luar, tapi juga menyembuhkan luka dalam diri kita semua."

Hadi, Sarah, dan Lutfiyah duduk bersama di ruang utama pondok, membentangkan kertas usang itu di atas meja kayu. Tulisan-tulisan kuno dengan tinta pudar hampir sulit dibaca, tapi inti pesannya jelas mengerikan: ada entitas gelap yang tidak hanya mengincar tubuh manusia, tapi juga jiwa dan pikirannya, memanfaatkan trauma terdalam untuk merusak keimanan dan kekuatan batin.

Sarah menatap Hadi dengan mata berbinar, "Jadi, yang selama ini kita hadapi bukan hanya makhluk biasa. Ia punya kemampuan untuk masuk ke pikiran dan memanipulasi kita lewat ketakutan terdalam."

Lutfiyah mengangguk pelan, "Ini menjelaskan kenapa setiap kali kita merasa mulai kuat, tiba-tiba rasa takut dan putus asa menyerang lagi."

Hadi menarik napas panjang, "Kalau begitu, kita harus lebih dari sekadar berperang dengan senjata fisik dan doa. Kita harus menyembuhkan diri kita sendiri, menghadapi luka lama yang selama ini kita hindari."

Malam itu, mereka mulai merancang strategi baru. Bukan hanya doa dan ritual pengusiran, tapi juga pendekatan psikologis dan spiritual untuk menguatkan jiwa mereka masing-masing.

Hari-hari berikutnya diisi dengan latihan batin yang intens. Hadi memimpin sesi meditasi dan dzikir, mengajak semua anggota pondok untuk menghadapi ketakutan terdalam mereka. Bukan hanya untuk melawan makhluk itu, tapi untuk memenangkan peperangan batin yang jauh lebih sulit.

Suatu sore, saat mereka berkumpul di ruang meditasi, Hadi meminta setiap orang untuk menceritakan trauma terbesar mereka. Awalnya suasana terasa berat, bahkan menakutkan, tapi perlahan satu per satu mulai terbuka.

Sarah mengungkapkan kisah kehilangan keluarganya dalam kecelakaan tragis yang membuatnya merasa bersalah dan takut kehilangan orang yang dicintainya lagi. Lutfiyah bercerita tentang masa kecilnya yang penuh kekerasan dan pengabaian.

Ketika giliran Hadi tiba, ia terdiam lama. Namun dengan suara yang bergetar tapi tegas, ia membuka luka lama tentang kematian ayahnya yang misterius dan rasa bersalah yang membekas di hatinya.

Semua mendengarkan dengan penuh empati, dan suasana berubah menjadi lebih hangat dan penuh pengertian. Mereka sadar bahwa hanya dengan saling berbagi dan menguatkan, mereka bisa mengalahkan bayangan gelap itu.

Di luar pondok, langit mulai mendung. Angin kencang bertiup membawa aroma hujan dan perubahan. Pertarungan sesungguhnya segera dimulai, bukan hanya melawan makhluk kegelapan, tapi juga melawan bayangan masa lalu yang mengancam menghancurkan mereka dari dalam.

Bab 43: Gelombang Kegelapan yang Membesar

Pondok kecil itu terletak di kaki bukit yang sunyi, dikelilingi oleh hutan lebat yang tampak seperti pagar alami bagi ketenangan yang seharusnya ada. Namun, di balik ketenangan itu, badai yang lebih besar tengah mengintai.

Malam itu, langit kelam tanpa bintang. Angin berdesir pelan, membawa dingin yang menyelinap ke dalam rongga-rongga kecil di pondok. Hadi duduk di pojok ruangan, memegang kitab tua yang telah lusuh, berusaha menyerap setiap kata yang tertulis di dalamnya.

Di luar, gelap semakin pekat, dan kabut mulai menari-nari di antara pepohonan. Suara-suara aneh terdengar samar, seperti bisikan yang tidak berasal dari dunia ini.

Hadi teringat kembali pada catatan yang mereka temukan, tentang makhluk gelap yang mengincar kelemahan jiwa manusia. Ia tahu, kegelapan itu tak hanya datang untuk menyerang fisik, tapi juga mengoyak keteguhan hati mereka.

"Ini baru permulaan," gumam Hadi pelan sambil menutup kitab, "Gelombang kegelapan akan semakin besar."

Sarah masuk membawa segelas teh hangat. Ia duduk di samping Hadi, menatapnya dengan penuh perhatian.

"Kita harus siap. Aku merasakan sesuatu yang berbeda malam ini. Seperti bayangan itu lebih kuat, lebih licik."

Lutfiyah yang baru saja datang menambahkan, "Aku juga merasakan hal yang sama. Bahkan dzikir dan doa saja kadang terasa berat, seperti ada yang menghalangi."

Hadi menganggguk, "Kita harus saling menguatkan. Jangan biarkan rasa takut menguasai kita."

Mereka bertiga kemudian mengadakan shalat berjamaah, memohon perlindungan dan kekuatan. Namun, saat doa mereka selesai, sebuah ketegangan aneh masih menggelayut di udara.

Tiba-tiba, suara keras dari luar pondok memecah keheningan. Seperti sesuatu yang jatuh, atau pintu yang terbanting. Hadi dan kedua wanita itu langsung berdiri, menatap keluar dengan waspada.

Di balik kabut, bayangan besar bergerak cepat menuju pondok. Hadi menggenggam tasbihnya erat, siap menghadapi apa pun yang datang.

Bayangan besar itu semakin mendekat dengan kecepatan yang tak wajar. Hadi merasakan hawa dingin menusuk kulitnya, jantungnya berdebar kencang, namun ia berusaha tetap tenang. "Bismillah..." bisiknya, menggenggam tasbih erat di tangan.

Sarah dan Lutfiyah berdiri di sisinya, mata mereka menatap penuh kecemasan tapi juga tekad.

Suara bisikan mulai memenuhi udara, kali ini lebih keras dan menusuk seperti pisau. Bisikan-bisikan itu mencoba meruntuhkan semangat mereka, membisikkan kata-kata negatif, menciptakan bayangan ketakutan di benak mereka.

Sarah memejamkan mata dan mulai membaca ayat suci dengan suara lantang, suaranya bergetar tapi penuh keyakinan. Lutfiyah bergabung dengannya, dan suara mereka menyatu menjadi benteng tak terlihat yang mengusir bayangan.

Tiba-tiba, bayangan itu berubah wujud, menampakkan sosok menyeramkan dengan mata merah menyala dan taring tajam. Ia mengaum keras, getaran suaranya mengguncang pondok kecil itu.

Hadi melangkah maju, menyatukan tangan dalam doa dan membaca ayat-ayat penuh kekuatan. Dengan suara yang lebih tegas, ia memerintahkan makhluk itu pergi dengan nama Allah yang Maha Kuasa.

Pertarungan spiritual itu berlangsung sengit. Bayangan itu melepaskan gelombang energi gelap, namun cahaya iman Hadi dan teman-temannya makin kuat, memancar lebih terang dan mengusir kegelapan.

Setiap kali makhluk itu mencoba menyerang, suara dzikir dan doa membentengi mereka, menghalau serangan yang datang.

Setelah beberapa lama, makhluk itu meraung kesakitan dan menghilang ke dalam kabut, meninggalkan aroma busuk dan hawa dingin yang perlahan menghilang.

Mereka bertiga terengah-engah, tubuh gemetar kelelahan, tapi hati terasa ringan karena telah melewati ujian berat itu bersama.

Sarah menatap Hadi dengan mata penuh haru, "Kau benar, Pak Hadi. Iman kita adalah pelindung terkuat."

Hadi tersenyum, "Tapi ini belum selesai. Kegelapan itu akan kembali, dan kita harus selalu siap."

Malam itu, mereka kembali berkumpul, memperkuat iman dan semangat, karena mereka tahu perjalanan panjang masih menanti.

Bab 44: Titik Terang di Tengah Gelap

PAGI ITU TERASA BERBEDA. Cahaya matahari yang menyelinap lewat celah jendela pondok membawa kehangatan yang jarang dirasakan sejak kegelapan mulai menggerogoti kehidupan mereka. Namun, Hadi tahu, cahaya pagi itu bukan tanda bahwa perjuangan sudah usai. Ia adalah pengingat akan tugas besar yang masih harus mereka hadapi.

Hadi duduk termenung di teras, menatap ke kejauhan. Haturnya masih penuh dengan bekas pertempuran malam sebelumnya. Luka fisik memang mulai sembuh, tapi luka batin dan ketakutan yang tertanam jauh dalam diri mereka belum tentu lenyap.

Di balik hutan, suara burung berkicau pelan, mencoba mengiringi pagi dengan nada yang menenangkan. Namun, suasana dalam hati Hadi bertolak belakang. Ia merasa ada sesuatu yang belum terungkap. Sebuah rahasia yang tersembunyi di balik gelombang kegelapan yang menyerang mereka.

Sarah datang membawa secangkir teh hangat. Ia duduk di sebelah Hadi, menatapnya dengan penuh perhatian. "Apa kau baik-baik saja, Pak Hadi?"

Hadi menghela napas panjang. "Aku merasa beban ini semakin berat. Tapi aku tahu, kita harus tetap kuat."

Lutfiyah yang baru keluar dari dapur ikut duduk di dekat mereka. "Kita harus terus belajar, terus berdoa, dan saling menguatkan."

Mereka bertiga kemudian membuka kitab-kitab tua yang menyimpan ilmu dan petunjuk tentang bagaimana menghadapi kegelapan yang tidak hanya menyerang tubuh, tapi juga jiwa.

Dalam salah satu kitab, mereka menemukan sebuah doa khusus yang diyakini mampu menembus lapisan gelap paling tebal sekalipun. Namun, doa itu bukan sekadar kalimat yang diucapkan, tapi harus dilafalkan dengan keyakinan dan hati yang benar-benar bersih.

Hadi memutuskan untuk memimpin mereka dalam sebuah ritual doa panjang yang penuh penghayatan. Mereka duduk berjamaah, memejamkan mata, dan mulai membaca doa itu bersama-sama, membiarkan setiap kata menembus ke dalam hati.

Selama ritual berlangsung, suasana di pondok berubah. Energi positif mulai mengalir, mengusir rasa takut dan putus asa. Cahaya lembut tampak berkilauan di sudut-sudut ruangan, seolah malaikat kecil mengawasi mereka.

Namun, di luar sana, bayangan gelap masih bergerak, menunggu kesempatan berikutnya untuk menyerang.

Ritual doa panjang itu berlangsung hingga larut malam. Setiap kata yang diucapkan Hadi dan teman-temannya adalah perisai yang menahan kegelapan semakin menguasai.

Namun, setelah ritual selesai, sebuah keheningan yang aneh menyelimuti pondok. Hadi merasakan sesuatu yang tak biasa, seperti bisikan samar yang mengganggu kedamaian mereka.

Keesokan harinya, saat mereka sedang berdiskusi tentang langkah selanjutnya, Lutfiyah tiba-tiba terdiam. Matanya memandang kosong ke arah pintu.

"Hadi... aku melihat sesuatu tadi malam," katanya dengan suara bergetar.

Sarah dan Hadi menatapnya, menunggu penjelasannya.

"Seorang pria berdiri di depan pondok, tapi aku tak bisa melihat wajahnya. Sosok itu memancarkan aura gelap, namun ada sesuatu yang berbeda... seperti ia mengenal kita," ujar Lutfiyah dengan nada takut tapi penasaran.

Hadi menggenggam tangan Lutfiyah, mencoba menenangkan, "Kita harus waspada. Mungkin ini ujian baru dari kegelapan."

Malam itu, ketegangan semakin memuncak. Bayangan yang mereka lawan semakin cerdik, menyerang dengan cara-cara yang tak terduga. Kadang hadir dalam mimpi, mengoyak ketenangan mereka, kadang mengintimidasi secara fisik.

Namun, iman dan persatuan mereka makin kuat. Setiap kali gelombang ketakutan datang, mereka saling menguatkan dengan doa dan kata-kata penuh harapan.

Dalam pergulatan batin itu, Hadi menyadari satu hal penting: kegelapan bukan hanya musuh luar, tapi juga musuh dalam diri mereka sendiri. Jika mereka bisa mengalahkan bayangan dalam hati mereka, maka kegelapan apa pun bisa ditaklukkan.

Di ujung bab ini, Hadi berdiri di depan pondok, menatap langit malam yang dipenuhi bintang. Ia mengangkat tangan ke langit dan berdoa dengan suara penuh harap:

"Ya Allah, kuatkanlah iman kami. Jadikan kami pelita di tengah gelap, dan lindungilah kami dari tipu daya-Mu yang maha luas."

Bab 45: Pertarungan Terakhir di Ujung Malam

Malam semakin larut ketika Hadi berdiri di tengah ruangan pondok, dikelilingi oleh sahabat-sahabatnya: Sarah dan Lutfiyah. Mereka tahu, saat ini adalah waktu yang paling menentukan, waktu di mana kegelapan akan mengerahkan seluruh kekuatannya untuk melumpuhkan mereka.

Pondok yang dulu menjadi tempat perlindungan kini terasa seperti benteng terakhir di antara dunia terang dan gelap. Di luar, angin berhembus kencang, membawa bisikan-bisikan dingin yang membuat bulu kuduk berdiri.

Hadi menatap wajah-wajah penuh tekad di hadapannya. "Ini adalah ujian terakhir kita. Kita tidak boleh menyerah."

Sarah mengangguk tegas, "Kami siap, Pak Hadi. Bersama, kita akan mengalahkan kegelapan ini."

Lutfiyah menambahkan, "Doa dan iman kita adalah senjata terkuat."

Dengan suara lantang, Hadi mulai memimpin doa panjang, diikuti oleh Sarah dan Lutfiyah. Suara mereka bergema di dalam pondok, mengusir bayangan gelap yang mulai merayap masuk.

Namun, di balik dinding pondok, makhluk kegelapan yang paling kuat telah menunggu. Sosok itu muncul dengan wujud menyeramkan, mata merah menyala penuh dendam.

Pertarungan spiritual itu pun dimulai. Gelombang energi hitam melawan cahaya iman, suara tawa menyeramkan beradu dengan lantunan doa yang memecah keheningan malam.

Setiap serangan dari makhluk itu dihadang dengan dzikir dan doa yang tak pernah putus. Hadi memimpin dengan keberanian yang tak tergoyahkan, memancarkan cahaya dari dalam hatinya yang dipenuhi iman.

Namun, makhluk itu semakin menggila. Ia mencoba menembus pertahanan batin mereka dengan segala cara, memunculkan kenangan pahit, rasa takut terdalam, bahkan bisikan-bisikan keraguan.

Sarah hampir terjatuh dalam gelombang putus asa, tapi Hadi meraih tangannya dan berkata, "Ingat, kita bukan sendiri. Kita bersama, dan iman kita lebih kuat dari segala kegelapan."

Lutfiyah, yang sempat terpaku oleh bayangan masa lalunya, menemukan kekuatan baru dalam doa yang terus mengalir dari bibirnya.

Perlahan tapi pasti, gelombang kegelapan mulai surut, terdesak oleh cahaya yang semakin terang.

Akhirnya, makhluk itu meraung keras dan lenyap dalam kabut tebal, meninggalkan keheningan yang berat tapi penuh kemenangan.

Mereka bertiga terjatuh ke lantai, kelelahan tapi penuh syukur. Hadi menatap langit malam yang kini mulai cerah dengan bintang-bintang, dan berbisik, "Ini bukan akhir, tapi awal dari kehidupan baru."

Setelah makhluk itu menghilang, suasana pondok berubah sunyi. Hadi, Sarah, dan Lutfiyah terbaring kelelahan di lantai, napas mereka memburu. Tubuh yang letih itu mengingatkan mereka betapa beratnya pertempuran yang baru saja mereka lalui.

Namun di balik rasa lelah, hati mereka berdenyut penuh syukur dan harapan.

Sarah membuka matanya perlahan. Ia menatap ke arah Hadi dan berkata, "Pak Hadi, aku takut kita tidak akan pernah keluar dari kegelapan ini. Tapi sekarang, aku merasa ada harapan."

Hadi tersenyum lemah. "Itu karena kita bersama, Sarah. Iman dan persatuan kita adalah cahaya yang menaklukkan kegelapan."

Lutfiyah ikut tersenyum, meski matanya masih basah oleh air mata. "Aku belajar bahwa kegelapan itu bukan hanya tentang makhluk di luar sana. Tapi juga tentang ketakutan dan luka yang kita simpan di dalam diri."

Mereka bertiga bangkit, saling merangkul. Di luar, embun pagi mulai turun, menyapu sisa-sisa malam yang penuh teror.

Hadi berdiri di depan pondok, memandang langit yang mulai terang. "Perjalanan kita belum berakhir. Tapi malam ini, kita telah membuktikan bahwa dengan iman dan keberanian, kita bisa melawan segala kegelapan."

Dengan tekad baru, mereka melanjutkan hidup mereka, berjanji untuk selalu menjaga cahaya iman agar tak pernah padam.

Bab 46: Bayangan Lama yang Kembali

Hari-hari selepas pertarungan di pondok membawa suasana yang relatif tenang, meski ketegangan tetap menyelimuti jiwa Hadi dan teman-temannya. Mereka tahu, kemenangan yang baru diraih hanyalah sebuah jeda, bukan akhir dari perjuangan.

Namun, kedamaian itu tak bertahan lama.

Pada suatu pagi yang cerah, ketika embun masih menggantung di daun-daun, sebuah surat misterius datang tanpa nama pengirim. Surat itu berisi ancaman halus yang membuat bulu kuduk Hadi berdiri.

"Imanmu akan segera diuji lebih berat, dan gelap yang kau kira telah kau kalahkan hanyalah bayangan kecil dari kegelapan sejati," begitu bunyi surat itu.

Sarah dan Lutfiyah membaca surat itu dengan ekspresi cemas. Hadi menatapnya dengan tatapan penuh tekad, "Kita harus bersiap. Kegelapan belum menyerah."

Beberapa hari kemudian, sosok-sosok gelap mulai muncul kembali, kali ini dengan cara yang lebih licik. Mereka menyerang mimpi dan pikiran, menggali luka lama yang belum sembuh.

Hadi mulai merasakan tekanan yang berbeda. Bukan hanya dari luar, tapi juga dari dalam dirinya sendiri. Kenangan-kenangan masa lalu yang pernah ia kubur tiba-tiba muncul kembali, membawa keraguan dan rasa bersalah yang berat.

Sarah dan Lutfiyah juga mengalami hal yang sama. Mereka mulai bertengkar kecil, dipengaruhi oleh bisikan gelap yang ingin memecah persatuan mereka.

Hadi sadar, untuk melawan musuh kali ini, mereka harus lebih dari sekadar doa dan dzikir. Mereka harus saling membuka hati dan menghadapi luka batin masing-masing.

Dalam sebuah malam yang dingin, mereka berkumpul dan mulai membicarakan masa lalu yang selama ini disembunyikan. Air mata mengalir, hati saling terbuka, dan ikatan persaudaraan mereka menjadi semakin kuat.

Di tengah pembicaraan itu, Hadi teringat akan seorang guru lama yang pernah membimbingnya tentang kekuatan batin dan kunci untuk mengatasi kegelapan sejati. Ia pun bertekad untuk mencari guru tersebut, berharap mendapat petunjuk baru.

Dengan penuh harapan, mereka bersiap memulai perjalanan baru yang akan membawa mereka menembus bayangan lama dan menghadapi ujian iman yang paling berat.

Setelah malam itu, Hadi tidak bisa lagi berdiam diri. Perjalanan mencari guru lama yang pernah membimbingnya harus segera dimulai. Ia tahu, hanya dengan bimbingan dan ilmu yang lebih dalamlah mereka bisa menghadapi kegelapan yang semakin merajalela.

Pagi-pagi sekali, Hadi mempersiapkan perlengkapannya. Ia memberitahu Sarah dan Lutfiyah tentang niatnya, "Aku harus pergi menemui guru lama. Ini satu-satunya jalan agar kita bisa menemukan kekuatan yang sejati."

Sarah menatapnya dengan mata penuh kekhawatiran, "Hati-hati, Pak Hadi. Kami akan menjaga pondok selama kau pergi."

Lutfiyah menambahkan, "Kami percaya pada keputusanmu. Jangan ragu, ya."

Hadi mengangguk, berjanji akan kembali dengan jawaban dan kekuatan baru. Ia tahu, perjalanan ini bukan hanya soal jarak, tapi juga menembus batas-batas ketakutan dan keraguan dalam dirinya sendiri.

Perjalanan menuju desa kecil tempat guru lama tinggal memakan waktu berhari-hari. Hadi melewati lembah, hutan lebat, dan sungai yang deras. Setiap langkahnya diiringi doa dan harapan.

Sesampainya di desa, Hadi disambut oleh suasana yang sederhana tapi damai. Warga desa tampak ramah dan penuh keramahan. Namun, Hadi tahu bahwa ia datang bukan untuk berlibur, melainkan mencari petunjuk yang bisa mengubah nasib mereka.

Ia menemukan rumah guru itu di ujung desa, sebuah bangunan kecil dengan halaman penuh bunga. Seorang pria tua dengan wajah teduh dan mata yang penuh kebijaksanaan keluar menyambut.

"Ah, Hadi," sapa pria tua itu dengan suara lembut. "Aku sudah lama menunggumu."

Hadi terkejut, "Bagaimana Bapak tahu?"

Sang guru tersenyum, "Kekuatanmu sudah lama terpancar, tapi kau belum sepenuhnya menyadarinya. Aku di sini untuk membantumu membuka pintu itu."

Selama beberapa hari berikutnya, Hadi belajar banyak tentang kekuatan iman yang lebih dalam, tentang bagaimana menenangkan hati, dan menghadapi kegelapan dengan keberanian dan ketenangan.

Guru itu mengajarkan doa dan dzikir khusus yang mampu menetralkan serangan batin, serta teknik pernapasan untuk menjaga keseimbangan jiwa dan raga.

Di saat yang sama, Hadi juga belajar tentang pentingnya memaafkan diri sendiri dan orang lain, karena dendam dan penyesalan adalah bahan bakar bagi kegelapan.

Setelah beberapa minggu, Hadi merasa kekuatan baru mengalir dalam dirinya. Ia tahu, ini adalah bekal yang sangat penting untuk menghadapi pertarungan yang semakin berat menanti di pondok.

Dengan hati penuh rasa syukur, Hadi berpamitan kepada sang guru, berjanji akan kembali suatu hari nanti.

Perjalanan pulang terasa berbeda. Hadi membawa harapan baru yang lebih besar dan ketenangan yang belum pernah ia rasakan sebelumnya.

Saat ia kembali ke pondok, Sarah dan Lutfiyah menyambutnya dengan pelukan hangat dan mata yang penuh harapan.

"Kau kembali," kata Sarah dengan suara bergetar.

Hadi tersenyum, "Ya, dan aku membawa kekuatan yang kita butuhkan."

Mereka bertiga bersiap menghadapi babak baru dalam perjuangan mereka, lebih kuat dan lebih percaya diri, namun tetap rendah hati dan penuh keyakinan.

Bab 47: Kegelapan yang Memuncak

Malam di pondok itu terasa lebih sunyi daripada biasanya. Hadi, Sarah, dan Lutfiyah duduk melingkar di ruang tengah, suasana hati mereka campur aduk antara harapan dan kecemasan. Setelah kembalinya Hadi dengan ilmu baru, mereka merasa sedikit lebih kuat, namun ancaman kegelapan masih menggantung berat di udara.

Hadi menatap wajah teman-temannya. "Kita telah belajar banyak, tapi ini saatnya kita membuktikan semua itu."

Sarah menarik nafas dalam-dalam, "Aku siap, Pak Hadi. Apa pun yang terjadi."

Lutfiyah mengangguk, matanya penuh tekad. "Kita sudah melewati banyak hal. Ini bukan saatnya menyerah."

Di luar pondok, angin malam berbisik dengan suara dingin. Bayangan-bayangan gelap mulai bergerak di antara pepohonan, mengintai dan menunggu waktu yang tepat untuk menyerang.

Pertempuran malam itu dimulai dengan serangan yang lebih ganas dari sebelumnya. Gelombang kegelapan menyerbu, bukan hanya menyerang fisik tapi juga jiwa mereka. Mereka menghadapi bisikan-bisikan penuh keraguan dan ketakutan yang berusaha memecah konsentrasi.

Namun, dengan teknik yang diajarkan guru lama, Hadi memimpin mereka untuk tetap tenang dan fokus. Napas mereka diselaraskan dengan doa, hati mereka dibentengi dengan keimanan yang kokoh.

Pertarungan batin berlangsung sengit. Sarah hampir tergelincir dalam bayangan masa lalunya, namun Lutfiyah dengan cepat merangkulnya, mengingatkannya pada kekuatan yang mereka miliki bersama.

Hadi mengeluarkan suara lantang, "Kita adalah cahaya dalam gelap! Kita tidak akan takut!"

Tiba-tiba, sebuah sosok gelap besar muncul di tengah ruangan, wujudnya mengerikan, penuh dengan energi kegelapan yang pekat. Sosok itu adalah musuh terbesar yang pernah mereka hadapi.

Dengan penuh keberanian, Hadi maju ke depan, memimpin doa dan dzikir dengan suara yang menggema. Cahaya dari dalam dirinya mulai menyinari ruangan, memaksa bayangan itu mundur sedikit demi sedikit.

Pertarungan itu berlangsung lama, antara cahaya dan kegelapan, antara iman dan ketakutan. Hingga akhirnya, dengan kekuatan doa dan keyakinan, sosok itu terpukul mundur, lenyap dalam kegelapan malam.

Mereka bertiga terjatuh ke lantai, kelelahan tapi penuh kemenangan. Momen itu bukan hanya kemenangan fisik, tapi juga kemenangan jiwa.

Namun, Hadi tahu, kegelapan yang sebenarnya belum habis. Pertarungan ini hanyalah babak terakhir dari sebuah perjalanan panjang.

Setelah sosok gelap itu lenyap, suasana pondok menjadi hening. Namun keheningan itu bukanlah tanda kemenangan sempurna, melainkan momen untuk merenungkan luka dan tantangan yang masih membekas.

Hadi duduk termenung, menatap tangan yang masih bergetar karena sisa energi pertempuran. Di dalam hatinya, ia merasakan pertempuran yang lebih berat daripada fisik: keraguan.

Apakah kekuatan ini cukup untuk melawan kegelapan yang terus membayangi? Apakah doa dan dzikir yang selama ini mereka panjatkan cukup untuk melindungi yang mereka cintai?

Sarah yang duduk di sebelahnya menatap Hadi dengan penuh kekhawatiran. "Pak Hadi, kau terlihat lelah. Apa kau yakin kita bisa melewati semua ini?"

Hadi menghela napas, "Aku tidak tahu, Sarah. Tapi aku tahu kita harus terus berjuang. Iman kita adalah satu-satunya senjata yang kita miliki."

Lutfiyah yang selama ini terlihat kuat tiba-tiba menunduk, suaranya bergetar, "Aku takut, Pak Hadi. Aku takut kalau suatu saat aku gagal melindungi semuanya."

Hadi merangkul Lutfiyah dan berkata, "Kita semua punya rasa takut, tapi kita tidak sendirian. Kita bersama, dan itu yang membuat kita kuat."

Malam itu mereka berbicara panjang, membuka hati dan membagi beban yang selama ini mereka pendam. Dengan saling menguatkan, mereka menemukan bahwa kegelapan paling berbahaya adalah yang muncul dari dalam diri sendiri.

Keesokan paginya, sinar matahari menyinari pondok dengan hangat. Hadi bangkit dengan tekad baru. Ia tahu, perjalanan mereka belum selesai, tapi dengan iman yang lebih kuat, mereka siap menghadapi apa pun yang datang.

Mereka berdoa bersama, memohon perlindungan dan kekuatan, sambil menatap masa depan dengan penuh harapan.

Bab 48: Menembus Kabut Malam

PONDOK KECIL DI TEPI hutan itu kini menjadi saksi bisu dari perjalanan panjang yang dilalui Hadi, Sarah, dan Lutfiyah. Setelah serangkaian pertempuran batin dan fisik, ketiganya menyadari bahwa kegelapan bukan sekadar musuh yang bisa dihadapi dengan kekuatan biasa. Kegelapan itu datang dalam berbagai bentuk, bisikan, bayangan masa lalu, dan keraguan yang tak berujung.

Malam itu, udara terasa dingin dan sunyi. Hadi berdiri di depan jendela kayu pondok, menatap langit yang dihiasi bintang-bintang redup. Namun, hatinya tidak menemukan kedamaian. Ia tahu, ada sesuatu yang lebih besar dan lebih gelap menunggu di luar sana.

"Pak Hadi," suara lembut Sarah memecah kesunyian, "aku merasakan sesuatu yang tidak biasa. Seperti bayangan gelap sedang merayap lebih dekat."

Hadi menoleh, matanya yang biasanya tenang kini menyimpan kekhawatiran yang dalam. "Kamu benar. Aku juga merasakannya. Kegelapan yang kita hadapi bukan sekadar makhluk biasa. Ia adalah bayangan masa lalu, ketakutan yang belum kita hadapi sepenuhnya."

Lutfiyah yang duduk di sudut ruangan mengangguk pelan. "Aku merasakan getaran yang sama. Sepertinya kegelapan itu ingin menguji kita sampai batas terakhir."

Mereka bertiga tahu, malam ini bukan malam biasa. Ini adalah ujian terakhir yang akan menentukan nasib mereka semua.

Hadi mengambil Al-Qur'an dari rak, membuka halaman yang sudah usang, dan mulai membaca ayat-ayat suci dengan suara lirih tapi penuh keteguhan. Sarah dan Lutfiyah ikut bergabung, menyuarakan doa yang sudah mereka hafal, mengalirkan energi spiritual ke seluruh ruangan.

Namun, di luar pondok, kabut tebal mulai turun perlahan, membungkus seluruh desa dan hutan di sekitarnya. Kabut itu terasa seperti tirai antara dunia nyata dan dunia kegelapan, menutupi apa yang sedang mengintai.

Tiba-tiba, suara langkah berat terdengar dari luar. Mereka menahan napas, ketegangan meningkat. Di depan pintu pondok, bayangan besar muncul, sosok yang lebih mengerikan dan kuat dari yang pernah mereka hadapi.

Hadi berdiri tegak, menggenggam tasbih di tangan, suara doa semakin lantang. "Dengan nama Allah Yang Maha Kuasa, aku berlindung kepada-Mu dari segala kejahatan."

Pertarungan dimulai. Sosok itu menyerang dengan kekuatan kegelapan yang mengguncang pondok. Mereka bertiga melawan dengan seluruh kekuatan doa, dzikir, dan iman yang mereka miliki.

Setiap serangan dari makhluk itu dihadang dengan ketenangan dan keberanian yang luar biasa. Namun, kegelapan kali ini lebih licik, ia mencoba menggoyahkan hati dengan bisikan-bisikan yang menusuk jiwa.

Sarah hampir terjatuh ketika bayangan masa lalunya muncul dalam pikirannya, kenangan pahit yang selama ini ia sembunyikan. Tapi Hadi cepat merangkulnya, mengingatkan akan kekuatan iman dan persatuan mereka.

Lutfiyah berjuang melawan bisikan yang menjerat pikirannya, menguatkan hatinya dengan setiap ayat yang ia baca.

Mereka bertiga bergerak selaras, seperti satu jiwa yang melawan kegelapan yang ingin memecah belah mereka.

Pertarungan berlangsung hingga dini hari. Kekuatan mereka terkuras, tubuh lelah, namun semangat tetap menyala.

Di puncak keputusasaan, Hadi mengangkat tangan ke langit dan memohon dengan suara gemuruh, "Ya Allah, berikanlah kami kekuatan dan perlindungan-Mu!"

Tiba-tiba, cahaya lembut menerobos kabut, mengusir bayangan gelap yang melingkupi mereka. Sosok kegelapan itu menjerit kesakitan dan akhirnya menghilang dalam semburan cahaya yang menyilaukan.

Pondok kembali tenang, udara malam terasa segar dan penuh harapan.

Mereka bertiga saling menatap, kelelahan namun penuh kemenangan. Hadi tersenyum dan berkata, "Ini adalah kemenangan iman. Kita telah menembus kabut malam."

Sarah dan Lutfiyah mengangguk setuju. Mereka tahu, perjalanan ini belum selesai, tapi malam ini mereka telah membuktikan bahwa iman adalah cahaya yang paling kuat.

Setelah bayangan itu menghilang, keheningan memenuhi pondok kecil di tepi hutan. Hadi, Sarah, dan Lutfiyah duduk terdiam, tubuh mereka letih, napas mereka memburu, tapi hati mereka terasa ringan, penuh kelegaan.

Sarah menunduk, air matanya mengalir tanpa bisa ditahan. "Aku tidak tahu dari mana aku mendapatkan kekuatan itu. Tapi malam ini, aku merasakan Allah benar-benar hadir di tengah kita."

Hadi mengusap pundak Sarah dengan lembut. "Itu karena kita berjuang bersama, dengan iman yang kuat. Kegelapan itu tidak bisa mengalahkan hati yang dipenuhi cahaya."

Lutfiyah menatap kedua temannya dengan senyum lelah tapi tulus. "Aku pernah merasa sendiri dan lemah, tapi malam ini aku belajar bahwa kita tidak pernah sendiri. Allah selalu bersama kita, bahkan di saat tergelap."

Mereka bertiga berbagi cerita tentang bagaimana doa dan dzikir menyelamatkan mereka dari jeratan bisikan kegelapan yang hampir memecah semangat mereka. Rasa takut yang pernah menghantui mulai berubah menjadi keyakinan.

Hadi teringat kembali pelajaran dari guru lamanya. "Kita harus terus menjaga hati dan pikiran. Kegelapan selalu mencoba masuk lewat celah terkecil, seperti keraguan dan dendam."

Sarah mengangguk, "Aku akan berusaha lebih kuat lagi, menjaga hati dan pikiran dari hal-hal yang bisa melemahkan iman."

Lutfiyah menambahkan, "Aku juga. Aku ingin menjadi pelindung bagi kita semua, bukan hanya secara fisik tapi juga secara batin."

Mereka pun sepakat untuk saling mengingatkan dan mendukung satu sama lain. Mereka tahu, perjalanan mereka masih panjang, dan kegelapan mungkin akan kembali mencoba mengusik kedamaian yang mereka raih.

Malam itu, dengan hati yang lebih ringan dan penuh harapan, mereka berdoa bersama. Doa yang tulus dari tiga jiwa yang telah melewati gelombang gelap dan kembali bangkit dengan cahaya iman yang baru.

Di luar pondok, kabut mulai menipis, dan sinar mentari pagi mulai menembus celah-celah pepohonan. Hari baru membawa harapan baru, dan semangat untuk terus melangkah di jalan kebenaran.

Bab 49: Titik Balik dalam Gelap

Pagi itu membawa hawa baru di pondok kecil di tepi hutan. Cahaya matahari menembus sela-sela dedaunan, membasahi tanah dengan kehangatan yang lembut. Namun, kehangatan itu tidak mampu mengusir bayang-bayang yang masih menghantui pikiran Hadi, Sarah, dan Lutfiyah.

Hadi duduk termenung di bangku kayu, memandang keluar jendela. Wajahnya terlihat lelah, namun matanya menyimpan tekad yang membara. Ia tahu, kemenangan atas kegelapan malam sebelumnya hanyalah sebuah awal, bukan akhir.

"Pak Hadi," suara lembut Sarah memecah keheningan, "apa yang akan kita lakukan sekarang? Aku merasa kegelapan itu masih mengintai, lebih kuat dari sebelumnya."

Hadi menghela napas panjang, mencoba mengumpulkan kata-kata yang tepat. "Kita harus semakin kuat, Sarah. Bukan hanya secara fisik, tapi juga secara batin. Kita harus memahami musuh kita lebih dalam."

Lutfiyah yang duduk di samping mereka menganggguk pelan. "Aku setuju. Aku merasa ada sesuatu yang belum kita ketahui tentang kegelapan ini. Sesuatu yang lebih besar dan lebih berbahaya."

Mereka bertiga memutuskan untuk kembali menemui guru lama Hadi. Ilmu dan pengalaman sang guru mungkin menjadi kunci untuk mengatasi kegelapan yang terus mengancam.

Perjalanan kembali ke desa kecil tempat sang guru tinggal terasa berat. Setiap langkah membawa campuran harapan dan ketakutan. Mereka tidak tahu apa yang akan mereka hadapi, namun tekad mereka tetap teguh.

Sesampainya di desa, mereka disambut dengan hangat oleh sang guru. Wajahnya yang sudah tua namun penuh kebijaksanaan menyambut mereka dengan senyum tenang.

"Kalian telah melewati banyak hal," kata sang guru. "Tapi ujian sebenarnya masih menanti."

Hadi menyimak dengan seksama saat sang guru mulai menjelaskan tentang kegelapan yang mereka hadapi. "Ini bukan hanya tentang roh jahat biasa. Ini adalah manifestasi dari dosa, keraguan, dan kebencian yang terpendam dalam hati manusia. Kegelapan ini bisa tumbuh dan menjadi lebih kuat jika kita membiarkannya."

Sang guru mengajarkan teknik-teknik lanjutan untuk memperkuat iman dan melindungi jiwa dari serangan kegelapan. Mereka belajar meditasi spiritual yang menghubungkan hati dengan Allah secara lebih dalam, serta cara membaca ayat-ayat suci dengan kekuatan vibrasi yang mampu mengusir energi negatif.

Selain itu, mereka juga diajarkan pentingnya menjaga hubungan dengan sesama manusia. Kebaikan, kasih sayang, dan pengampunan adalah pelindung terkuat dari kegelapan.

Selama berminggu-minggu, mereka berlatih dengan tekun. Setiap hari adalah perjuangan untuk menaklukkan ketakutan dan keraguan dalam diri sendiri.

Namun, ketegangan mulai muncul ketika Sarah mengalami pengalaman buruk. Suatu malam, ia merasa seolah-olah diserang oleh bayangan hitam yang sangat kuat, yang berbisik kata-kata menyakitkan dan mencoba memaksanya menyerah.

Sarah terbangun dengan napas terengah-engah, tubuhnya basah oleh keringat dingin. Ia berlari ke ruang Hadi, mencari perlindungan.

"Apa yang terjadi, Sarah?" tanya Hadi penuh kekhawatiran.

Dengan suara bergetar, Sarah menjawab, "Aku merasa seperti diserang lagi. Tapi kali ini lebih kuat. Aku takut aku tidak bisa melawannya."

Hadi memeluk Sarah erat. "Kita tidak akan membiarkan itu terjadi. Kita akan melawan bersama-sama."

Namun, serangan itu menjadi peringatan bahwa kegelapan semakin berani dan licik. Mereka tahu, pertempuran berikutnya akan lebih berat dan berbahaya.

Malam demi malam, ketegangan meningkat. Bayangan kegelapan muncul di mana-mana, bukan hanya menyerang fisik, tapi juga meracuni pikiran dan hati.

Suatu malam, saat mereka berkumpul di pondok, sosok bayangan besar muncul kembali. Namun kali ini, ia membawa aura yang berbeda, lebih licik dan penuh tipu daya.

"Saya datang untuk menawarkan pilihan," suara bayangan itu terdengar dalam bisikan yang menggoda. "Bergabunglah denganku, dan kamu akan memiliki kekuatan yang tidak pernah kamu bayangkan. Tinggalkan imanmu yang lemah dan ikutlah dalam kekuasaanku."

Hadi menatap bayangan itu dengan penuh keberanian. "Kekuatan tanpa iman hanyalah kehampaan. Aku memilih jalan cahaya, walau harus berjuang sampai titik darah penghabisan."

Sarah dan Lutfiyah ikut berdiri, bersatu dalam keberanian yang sama.

Pertarungan batin dan fisik pun kembali terjadi, lebih sengit dari sebelumnya. Namun, kali ini mereka sudah lebih siap. Dengan ilmu dan kekuatan baru yang diperoleh, mereka melawan dengan strategi dan keteguhan iman.

Dalam momen genting itu, Hadi merasakan kekuatan yang mengalir dari dalam dirinya, kekuatan doa, dzikir, dan keyakinan yang tidak tergoyahkan.

"Sungguh, hanya Allah yang Maha Kuasa," ujar Hadi lantang, suaranya bergema di seluruh ruangan.

Sosok bayangan itu mengerang, kemudian perlahan memudar, lenyap dalam kegelapan.

Kemenangan itu terasa lebih manis karena didapat dengan pengorbanan dan kerja keras yang luar biasa. Mereka sadar, perjalanan ini belum selesai, tapi mereka sudah semakin kuat dan siap menghadapi apa pun.

Dengan hati yang lebih mantap dan jiwa yang lebih tenang, mereka kembali ke pondok. Di sana, mereka berdoa bersama, bersyukur atas perlindungan dan kekuatan yang telah diberikan.

Malam itu, bintang-bintang bersinar lebih terang, seolah memberi tahu bahwa cahaya selalu menang atas gelap, selama hati tetap percaya dan berpegang pada iman.

Bab 50: Pertempuran Terakhir dan Cahaya Kemenangan

Malam itu, angin bertiup kencang mengibarkan dedaunan di sekitar pondok. Hadi, Sarah, dan Lutfiyah berdiri berdampingan, menyadari bahwa pertempuran terakhir telah tiba. Mereka tahu ini bukan sekadar perang fisik, tapi perang jiwa dan iman yang paling berat.

Di depan mereka, bayangan gelap yang selama ini membayangi desa dan kehidupan mereka muncul dengan wujud yang lebih mengerikan dan kuat dari sebelumnya. Sosok itu seperti personifikasi dari semua ketakutan, dendam, dan keputusasaan yang pernah ada.

"Ini adalah saatnya kau pilih jalanmu," suara bayangan itu menggema dalam kegelapan. "Bergabunglah denganku dan aku berikan kekuatan tanpa batas, atau hancurkan dirimu dalam perjuangan sia-sia."

Hadi menatap tajam. "Aku memilih Allah, cahaya yang tak pernah padam. Dengan izin-Nya, aku akan menghancurkan kegelapanmu."

Sarah dan Lutfiyah menguatkan tekad mereka, berdiri di belakang Hadi. Mereka bertiga memulai doa, dzikir, dan membaca ayat suci dengan penuh kekhusyukan.

Pertempuran spiritual pun pecah. Gelombang energi tak terlihat mengguncang udara, membuat pohon-pohon bergoyang dan tanah bergetar. Bayangan itu melontarkan bisikan-bisikan jahat, mencoba mengoyak iman mereka satu persatu.

Namun, Hadi, Sarah, dan Lutfiyah tetap teguh, menguatkan satu sama lain dengan keimanan yang tak tergoyahkan. Dalam hati mereka mengalir keyakinan bahwa Allah Maha Kuasa atas segala sesuatu.

Seiring doa mereka semakin kuat, cahaya putih mulai memancar dari tubuh mereka, mengusir kegelapan yang mencoba menelan segalanya.

Sosok bayangan itu berteriak marah, melepaskan serangan terakhir yang paling dahsyat. Namun, dengan keberanian dan kekuatan iman yang menyatu, mereka bertahan.

Hadi mengangkat tangan ke langit, mengucapkan doa terakhir dengan suara lantang dan penuh keyakinan:

"Ya Allah, hanya Engkau yang mampu mengalahkan segala kegelapan. Jadikanlah kami hamba-Mu yang kuat dan teguh dalam iman."

Cahaya dari doa itu meledak dengan dahsyat, menerangi seluruh hutan dan desa di sekitarnya. Kegelapan yang selama ini menyesakkan akhirnya terpukul mundur, pecah berkeping-keping, lenyap selamanya.

Keheningan menyelimuti malam. Hadi, Sarah, dan Lutfiyah terjatuh lemas, namun hati mereka dipenuhi damai dan syukur.

Setelah beberapa saat, mereka saling menatap, mata mereka berkaca-kaca oleh rasa haru dan kemenangan yang luar biasa.

"Ini adalah kemenangan iman," kata Hadi dengan suara parau. "Bahwa cahaya Allah selalu menang atas kegelapan, selama kita percaya dan tidak pernah menyerah."

Sarah mengangguk, "Perjuangan kita berat, tapi kita tidak pernah sendiri. Kita punya Allah dan satu sama lain."

Lutfiyah tersenyum, "Aku bangga kita melewati semuanya bersama. Kita menjadi lebih kuat, bukan hanya karena kekuatan fisik, tapi karena iman yang tak tergoyahkan."

Mereka pun berdoa bersama, memohon agar desa dan orang-orang yang mereka cintai selalu terlindungi dari kegelapan.

Pagi menjelang dengan langit cerah yang menandakan babak baru dalam kehidupan mereka. Mereka tahu, perjalanan hidup masih panjang, tapi dengan iman yang kuat, tak ada kegelapan yang mampu mengalahkan mereka.

Luar biasa! Permintaanmu memberikan ruang untuk menutup kisah ini dengan **bab pamungkas yang megah dan penuh makna**, menyempurnakan perjalanan Hadi dari seorang yang biasa, pendiam, tersembunyi, menjadi **sosok yang ditakuti oleh bangsa**

jin dan disegani karena kealimannya, walaupun dunia manusia nyaris tak menyadari siapa dia sebenarnya.

Bab 51: Yang Tak Terlihat Menunduk

"Sungguh, di antara hamba-Ku, ada yang namanya mengguncang langit dan menggetarkan bumi, namun ia memilih untuk bersembunyi dalam cahaya keikhlasan."

(Untaian hikmah dari seorang alim yang tak dikenal)

Hari-hari pasca pertempuran itu berlalu dengan tenang di permukaan dunia. Desa tempat Hadi tinggal kembali seperti biasa. Orang-orang kembali berkebun, berdagang, dan bersenda gurau di pelataran musholla kecil. Tak ada yang berubah secara lahiriah.

Namun di **alam yang tak kasat mata**, kegemparan tak kunjung reda.

Kabar telah menyebar cepat, **lebih cepat dari arus angin dan bisikan malam**, bahwa telah muncul satu nama, **Hadi**, yang **menundukkan kegelapan**, memecah benteng sihir tua, dan mengusir sosok yang selama ini menaklukkan para jin jahat dan bangsa ghaib.

"Namanya Hadi..."

"Yang dari pedalaman Jawa itu?"

"Ya. Tapi jangan panggil namanya sembarangan. Langit mencatatnya dengan tinta cahaya."

Di tengah gurun ghaib, para jin dari berbagai kabilah berkumpul. Pemimpin mereka, yang tubuhnya setinggi pohon dan matanya seperti bara, berdiri dengan sorot tajam.

"Kita telah kalah," katanya. "Bukan oleh pedang. Bukan oleh sihir. Tapi oleh **iman** yang tidak bisa dipadamkan."

"Siapa dia sebenarnya?"

"Bukan nabi. Bukan wali yang dikenal. Tapi ilmunya adalah warisan dari para 'abid yang tidak menampakkan dirinya. Dan itu yang paling kami takuti."

Di wilayah-wilayah ghaib, **nama Hadi kini tidak disebut sembarangan**. Jin-jin yang pernah berguru kepada penyihir tua, jin-jin yang menguasai belantara, bahkan bangsa ifrit sekalipun, **menunduk ketika nama itu disebut.**

"Jangan sebut nama itu di tempat ini. Ia membawa getar dari langit yang belum bisa kami pahami," ucap seorang jin tua kepada anak-anak mudanya.

Sementara itu, **di dunia manusia**, Hadi tetap seperti biasa. Ia membersihkan halaman musholla setiap pagi, memeriksa kitab-kitab usang dengan sabar, dan mengajarkan anak-anak kecil mengaji tanpa meminta imbalan. Tak satu pun dari mereka tahu, bahwa **lelaki yang berjalan tanpa suara itu kini menjadi legenda di antara bangsa jin dan makhluk ghaib.**

Di balik tirai malam, beberapa jin muslim mendatangi tempat Hadi, **bukan untuk mengganggu, tapi untuk belajar.** Diam-diam mereka menyimak dzikir Hadi dari kejauhan. Mereka tidak berani menampakkan diri. Keberadaan Hadi **terlalu berat untuk didekati**, bukan karena kekejaman, tapi karena **cahaya batin yang membakar jiwa-jiwa yang kotor.**

Salah satu dari mereka, jin yang dulunya tersesat, kini menjadi murid ghaib. Ia menulis:

"Aku pernah ingin menantangnya. Tapi ketika aku mendekat, tubuhku bergetar dan ruhku ingin sujud. Aku memilih pergi, dan kini aku kembali, bukan sebagai musuh... tapi murid yang haus akan kebenaran."

Namun yang paling aneh, adalah bahwa **Hadi sendiri tidak menyadari betapa agung posisinya.** Ia tidak tahu bahwa dirinya ditakuti bangsa jin, disebut dalam majelis-majelis ghaib, dan bahkan dijadikan **rujukan oleh para penjaga alam barzakh** dalam diskusi tentang "cahaya dari bumi".

Sarah dan Lutfiyah, yang tetap setia berada di sisinya, hanya tahu bahwa Hadi adalah orang yang sabar, baik, dan memiliki keteguhan iman. Tapi mereka tak pernah menyangka bahwa **namanya kini disebut dalam doa-doa para jin mukmin dan dalam dendam para jin jahat.**

Pada suatu malam, seorang ulama tua dari kota datang ke desa. Ia membawa kitab kuno dan mata yang penuh ilmu. Ia diam-diam memperhatikan Hadi, lalu menunduk dan berkata,

"Aku sudah mencari orang ini sejak lama. Tapi aku baru menemukanmu di sini, di sudut dunia yang terlupakan."

Hadi tersenyum, "Saya hanya seorang lelaki kampung, Kyai. Tak lebih."

Ulama itu hanya menatap dalam dan menjawab,

"Kau tak butuh pengakuan manusia. Langit sudah cukup memberimu nama."

Dan malam itu, **langit menjadi lebih tenang dari biasanya**. Bintang-bintang bersinar terang, seakan menyaksikan **penobatan yang tak pernah diumumkan**, penobatan seorang alim yang menyembunyikan dirinya dalam kesederhanaan.

Dan Hadi tetap hidup seperti biasa. Mengajar. Membersihkan. Menolong. Tapi dunia yang tak terlihat... Menyebut namanya dengan khidmat. **Dan menggigil dalam diam.**

Epilog: Cahaya yang Tidak Mencari Panggung

Waktu berlalu. Musim berganti.

Desa kecil itu tetap tenang. Orang-orang masih menyapa dengan senyum hangat, anak-anak masih bermain di tanah merah selepas maghrib, dan suara azan masih memecah sunyi, mengajak hati-hati yang penat untuk kembali pada-Nya.

Namun, di antara semua itu, ada satu hal yang tidak diketahui siapa pun.

Bahwa tempat ini... Bahwa **lelaki yang setiap pagi menyapu halaman musholla...** Bahwa **orang yang setiap malam membaca Qur'an hingga subuh...** adalah **penjaga**.

Bukan penjaga bangunan. Bukan penjaga makam atau tempat angker. Tapi **penjaga batas antara terang dan gelap. Penjaga keseimbangan yang tidak pernah menuntut dikenali.**

Hadi, nama itu kini hanya bergema di dunia yang tak terlihat.

Di alam jin, dia adalah **yang tidak bisa disebut dengan sembarangan**. Di antara para jin muslim, ia adalah **rujukan keilmuan dan spiritual**. Di antara jin-jin durhaka, namanya **dihapus dari ingatan** karena disebut-sebut akan membakar mereka.

Namun bagi manusia, ia tetap, dan akan selalu, **lelaki sederhana dari desa kecil.**

Ia tidak memegang gelar ustadz. Tidak tampil di televisi. Tidak punya pengikut, tidak punya jubah. Tapi **langit mencatat langkah kakinya.**

Sarah kini menjadi guru mengaji bagi anak-anak desa. Lutfiyah membuka perpustakaan kecil, tempat orang-orang belajar, membaca, dan berdzikir bersama.

Mereka tidak pernah menyebut apa yang telah terjadi bertahun-tahun lalu. Tidak perlu. Karena **kemenangan sejati tidak butuh tepuk tangan.**

Dan Hadi... masih seperti dulu. Diam. Teduh. Hadir, tanpa merasa perlu dilihat.

Kadang-kadang, ia berdiri di tepi hutan, memandang pepohonan yang dulu menjadi saksi bisu pertempuran mereka.

Dan ia akan menunduk, tersenyum, lalu berbisik lirih, "Alhamdulillah... Allah selalu cukup."

Seseorang pernah berkata:

"Hamba terbaik adalah mereka yang ketika cahaya menyinari jiwanya, ia tetap memilih duduk di barisan belakang, menyapu lantai masjid, agar tak menghalangi orang lain melihat cahaya Allah."

Itulah Hadi.

Malam terus bergulir. Dunia terus berubah. Tapi di tempat yang tidak terlihat, di antara mereka yang hidup dalam batas, **cahaya Hadi tetap menyala.**

Tidak untuk disembah. Tidak untuk diagungkan. Tapi untuk **mengingatkan**...

Bahwa bahkan dalam diam, bahkan dalam sunyi, bahkan dalam kesederhanaan yang tak dikenal,

Iman yang tulus... bisa menundukkan dunia yang tak terlihat.

TAMAT

Don't miss out!

Visit the website below and you can sign up to receive emails whenever Dayat Suryana publishes a new book. There's no charge and no obligation.

https://books2read.com/r/B-A-WJVDD-NWGYG

BOOKS 2 READ

Connecting independent readers to independent writers.

www.ingramcontent.com/pod-product-compliance
Lightning Source LLC
LaVergne TN
LVHW010947051026
849532LV00003B/1161